6
みわもひ
Author / Miwamohi
イラスト 花ヶ田
Illust / Hanagata
The Reproducer of Creation Magic
創成魔法の再現者
新星の玉座 −世界を変える恋の魔法−

CONTENTS

KEYWORDS

北部反乱

現王権に協力的でない貴族六家による地方反乱。希代の剣士ルキウス・フォン・フロダイト率いる連合騎士団を中心に、その勢力を拡大している。

スカルドロギア

触れた者に『未来予知』の能力を与える書物型の古代魔道具(アーティファクト)。未来に与える影響が大きい対象ほど予知が容易になるが、同種の予知能力を得ている者の未来は予知できない。

原初特権:偏在領域(スターダスト・インフェリアス)

リリアーナが創成魔法『原初の碑文(エメラルド・タブレット)』で自らの願いをもとに創り上げた魔法。一定領域内の『原初の碑文(エメラルド・タブレット)』を所持する者全員に魔法的な接続を行い、特定の魔法を『継承』することができる。

妖精の夢宮(イル・フェルリナ)

ニィナが操る思考操作系の『血統魔法』。『魅了(チャーム)』の効果を持ち、発動対象の意識と行動を抑制し、篭絡する。対象への術者の感情・好感度に応じて効果が上昇するため、"好きな相手"には高い効果を発揮する一方で"嫌いな相手"には一切の効果を発揮しない。

「ボクの、願いはね」
それは。
「──恋をしてみたいんだ」

足を止め、
呆然と見据える
北部連合騎士団の目の前で。
鮮やかな赤髪を靡かせた幼い少女が、
されどその小さな体には見合わぬ威厳と、
数多の配下を伴って戦場を睥睨し。
「この方々は……
もう、今まであなた方が
蹴散らしてきた兵士たちとは違います。
正しく『魔法使いの軍団』を、
相手にする気概は――おあり？」

創成魔法の再現者 6

新星の玉座 -世界を変える恋の魔法-

みわもひ

OVERLAP

——たとえばの話。

仮に、『世界を救う戦い』というものがあったとしよう。

一つの世界を懸けるに相応《ふさわ》しいほど壮大で、多くの因縁が絡み合い、世界中全ての意志や力が集まり、あらゆるものの命運を懸けた、大きな大きな戦いがあったとして。

そこに参加する資格のある人間とは、どのような存在だろうか？

やはり、力を持った強い人間だろうか。

世界中から様々な能力が必然的に集まるのだから、それら全てに負けないほどの何かしらの力を持った人間。強い存在。そういうものでなければ、その戦いに参加する資格は持ちえないのだろうか？

……多分、違うだろう。力が足りずとも、できることを精一杯成して戦いの趨勢《すうせい》に貢献した存在だってたくさんいると思う。単純に強い存在が順当に何事もなく勝つだけであれば、きっと今この世界はこういう風にはなっていない。

思うのだ。

そういう戦いに向かえる資格——それもやはり、『想《おも》い』なのだと。

だって、考えてみれば当然だ。世界の命運を懸けた戦いに参戦する以上、必然的に多くの想いに触れる。仲間から託された大事な想いだったり、相容《あいい》れぬ敵手であっても一本芯の通った揺るがぬ想いだったり。

そういう戦いに向かうということは、そういう想いの全てに触れ——そして、背負うということ。

大きなものを懸けている以上、その想いの重量はどれをとっても格別だ。自分が負ければその託されたもの全てが無に帰すプレッシャーを常に休むことなく受け続け、逆に敵手の想いはどんな崇高なものであってもどんな共感できるものであっても踏み躙《にじ》り、仮にそうでなかったとしても息が止まるほど濃密な想いを常に常に丁寧に踏み潰して。

——そんな恐ろしいこと。

真っ当な人間に、できるはずがないのだ。

だからこそ、戦いに向かうものにはそれらに負けないほどの信念が、願いが、想いが必要になる。この世界に……この国においては、その傾向はきっと猶更《なおさら》だ。

で、あれば。

そんな全てを懸けた願いなんて、なくて。

何かに選ばれたわけでも、何かにとりつかれたわけでもない。あまりにも大きなものになんて実感が湧かず、手の届く幸せだけで精一杯。

そんな、どこにでもいるごく普通のありふれた存在が。意図せずそういう戦いに関わることに……しかも、絶対に共感できない想いを持つ陣営の味方になってしまった場合。

やっぱり——振り回されるしか、なすすべなく蹂躙《じゆうりん》されるしか、ないのだろうか。

きっと、そうなのだろう。


「……なぁんて、ね」


そんなことを。

ニィナ・フォン・フロダイトは、ここ最近、ずっと考えている。

創成魔法の再現者

The Reproducer of Creation Magic

新星の玉座 －世界を変える恋の魔法－

6

みわもひ
Author / Miwamohi
イラスト 花ケ田
Illust / Hanagata

第七章 分析

「――『未来予知』です」

大司教ヨハンの扱う『得体の知れない技術』の正体。それを一言で説明したエルメスに……驚き慣れたリリアーナ陣営であっても、最大の驚愕《きょうがく》に支配された。

「予知能力。それが大司教ヨハンの力の正体、その中核であり……これまでの全てに説明をつける唯一の回答です」

途轍《とてつ》もない……魔法を知るものであるほどに信じがたいその言葉に。

「……本当、なの？」

滅多にエルメスを疑うことのないカティアでさえも、目を見開いて彼に確認の問いを投げかけた。彼もその反応はもっともだと理解しているのか、冷静に頷《うなず》く。

「はい。確信した……というより、『それ以外に説明できるものがない』と言った方が正しいでしょう。――詳しく話しますね」

続けての言葉に、驚愕の残滓《ざんし》は残しつつも一同は耳を傾ける。

そうして、彼は話し始める。彼の推理の過程。追い詰められながら、対応しながら。彼がどんな思索と検証を重ねてきたかを。

「まず、この拠点防衛にあたって。これまで僕たちはいくつか、明らかに……『こちらの情報が漏れている』としか思えない出来事に遭遇してきましたね」

一同が頷く。ハーヴィスト伯爵の侵入に、北部連合兵士たちの的確な攻勢。そしてニィナの侵入まで。到底守り切れているとは言えないほどの容易い突破を許していた。

だからこそ全員が、まず内通者を疑っていたのだが……

「……それがどうして、予知能力という推理に繋《つな》がる？」

アルバートの問いを受け、エルメスが話を展開する。

「情報が漏れている、ということはまず確定でした。だから続けて僕が考えたのは……『どこから漏れているか』ということです」

彼らしい、論理的に突き詰める方法でもって。

「先程判明した内通者は、そのルートの一つでしょう。実際兵士の皆さんのどこかという線は僕も考えていました」

「……ああ」

「ですが――それだけでは説明がつかなかったんです」

仮に兵士たちから話を聞いて、手引きをしただけなら。向こうの対応は『兵士から得られる情報をもとにしたもの』だけに絞られる。それなら対応しようがあった。だが……

「それだけじゃなかった。砦《とりで》を防衛する上で、直前に咄嗟《とっさ》に変更した対応やイレギュラーな対応。極め付けは――僕以外誰も知らないはずの、僕だけができる魔法を使った防衛方法にまで、向こうは完璧に対策してきたんです」

その結果が、的確に昼夜問わず『エルメスだけ』を狙い撃ちで出動させて疲労を蓄積させるという、ある意味で異常なこちらの攻略法に繋がったのだ。

そして。そんな状況に置かれながらも、検証を続けていた。きっちりとやるべきことをやっていた彼の精神力に改めて一同が感嘆の表情を浮かべる。

それに気付いているかどうかは分からないが、ともかく、とエルメスは続ける。

「この時点で、可能性は三つに絞られました。

一つ目は、この砦の中全域が余す所なく監視されている。

二つ目は、何かしらの方法で『僕の思考』が読まれている。

そして三つ目が……その時点では一番信じ難かった、予知能力」

結果から、仮説を立て。それを一つ一つ検証する形で暴いていく。

それは彼の特性、優れた解析能力。そうして、向こうの手札を明らかにする。

「そのうち、一つ目は砦の中のどこかに。二つ目は僕の近くに。何かしらの情報を得る機構がなければ説明がつきません。ですが……どれだけ探しても見当たりませんでした」

「エルメスさんでも感知できないなら、可能性は低いですね……じゃあ、その結果」

「はい」

サラの補足に首肯を返して、エルメスは結論を述べる。

「『向こうに未来を予知する力がある』。その結論に落ち着きます。あり得ないものを一つずつ潰していった結果……一番あり得そうにないものが残ってしまったんです」

無論、これはあくまで消去法で導き出したものに過ぎず。これだけで完全に結論付けることは彼とて躊躇《ためら》われた。

だが……故にもう一つ。彼は自身の推測を補強する根拠を話し始める。

「少し話はずれますが……覚えていますか。ここに来て最初の遭遇戦を」

勿論《もちろん》全員が覚えている。逃げるハーヴィスト領の兵士たちを助け、戦線を押し返そうとしたがそこで。大司教、ルキウス、ニィナの三人があの場に現れた結果、撤退することしかできなかった苦い敗北——

「——どうして都合良く三人ともあの場にいたんですかね？」

その言葉に、凍りつく。

……言われてみれば、確かに。

「ニィナ様と……ルキウス様まではぎりぎり分からなくもありませんが。向こうの総大将である大司教がわざわざ、僕たちが現れていなければ普通に勝っていたはずの戦場に現れるのは流石《さすが》におかしい。それが意味するところは——」

「……最初から我々が、あの場に現れると分かっていた、ということかい」

ユルゲンの補足に肯定し、あの場にいた全員が納得する。

エルメスたちが現れることまでは諸々《もろもろ》の情報で推測できたとしても、エルメスたちが『あの場』に現れることまで推測できるのは明らかにおかしいだろう。

だがそれも……予知能力があるなら、説明がついてしまう。

こう言ったことも全てひっくるめて。今回の北部反乱、向こうの行動は——全体的にあまりにも、タイミングが良すぎるのだ。

その総合的な違和感こそが、彼が向こうの手札を確信した最終要因である。

そして、それを聞いて。

「……話は分かった。納得できる部分も多々ある」

最後に口を開いたのは——先程から同席していた、騎士団長トア。

彼は側《そば》に控える隊長とも感情を共有した顔で、続けてきた。

「だが——信じられん。全て過剰な空想であると言われた方がまだ分かるくらいだ……本当に、そんな魔法があり得るのか？」

「そうだぜ。それに、もしそんな魔法があるとしたら、全部向こうに予知されちまうんなら……結局どうしようもないじゃねぇか……！」

……彼らの心情は、理解できないこともないだろう。

エルメスの推論はどう考えてもとんでもない。『未来が分かる』などという所業はそれほどの規格外、それこそ血統魔法であっても不可能だと分かる領域だ。だが——

「……確かに僕も、信じられませんしあり得ないと思います。原理も正直分かりません」

エルメスは、その突拍子のなさを理解し共感した上で。

「——ですが、それが何だと？」

きっぱりと、そう告げた。

「――なに」

「信じられないのも、あり得ないと思うのも。全て僕の現時点での所感に過ぎません。

信じられないから。あり得ないから。分からないから、得体が知れないから――だから、ないものとして扱う。その考えでいる限り、永遠に進歩はない」

「――」

「現実として起こっている事象があり、それを成しうる技術が一つしか思い浮かばないのなら、僕はそれを『在るもの』として扱います。存在すると分析して、成立すると仮定して。見えないのなら見えないなりに、落ちた影から形状を推測し、可能な限りの対策を練る――どうしようもないなりにどうにかします」

――そこで、トアたちはようやく気付く。彼との最大の違い、彼が非凡たる所以《ゆえん》。

彼は――『分からない』ことを恐れないのだ。不明であることを足を止める理由に、得体の知れないことを怯懦《きょうだ》の原因にせず。何のためらいもなく未知に飛び込める。

そうして、彼は次々と常識を覆す。何故《なぜ》なら彼は――彼自身の常識を破壊することにすら一切の躊躇《ちゅうちょ》がないのだから。

故にこそ、今回。『未来予知』という……血統魔法ですらあり得ない技術を前に。

彼はあくまで冷静に、焦ることなく。いつものように、解析を開始する。

「……そうですわね、師匠」

そんな彼の在り方に、改めて感銘を受けてか。

ここまで静かに聞いていたリリアーナが、敬意と信頼を込めた目線をエルメスに向けて。

「では……教えていただけますか。向こうの技術を一つ暴いた上で――わたくしたちが、どう立ち向かって行くべきなのか」

「はい」

弟子の言葉に、微笑《ほほえ》みながら彼は頷いて。

「色々と言いましたが――大丈夫です、過剰に恐れる必要はありません」

そう、ここまで彼は向こうの脅威を説明してきた。

だが、エルメスが。これまで多くの苦難を乗り越えてきた彼が。ここできちんと話を始めた以上、『だからどうしようもない』で終わるようなことはあり得ない。

そんな、リリアーナをはじめ周囲の信頼に見守られ。彼は改めて口を開く。

「そもそも……向こうが全て完璧にこちらの動きを予知できるのなら、最初から詰んでいますしこんな状況にもなっていません。――向こうの予知も、完璧ではない。付け入る隙はありますし、その傾向も既に見つけています」

「！」

脅威の説明は、済んだ。故にここからは――攻略を進める時間だ。

「向こうの予知をどう崩すか。予知以外の向こうの手札をどう対策するか。これからはそこを話します。……これまでは色々と言えないことが多くてすみません。ですがその分――必ず、この場の全員なら打倒できる手段を提示させていただきますので」

そうして語り始める、彼の様子を見て。

トアたち兵士側も、少しずつ。エルメスのことが理解できてくると同時に……改めての、変革の予感に。微《かす》かに胸を震わせるのだった。

◆

「……ここからは、多分に推測を挟んだ話になりますが」

大司教ヨハン最大の手札である『未来予知』。

その対策を語りはじめた彼に、場の全員が固唾を呑《の》んで耳を傾ける。

「向こうの予知は精度にムラがある。そして不確定要素を誘発する要因は——人です」

「……人？」

「ええ。予知能力によって『読まれ易《やす》い』人間と『読まれ難《にく》い』人間がいる。読まれ易い人間が強く関わる事象ほど精度が上昇する傾向にある。向こうの想定通りだろう展開と、想定外だろう展開。それらを照らし合わせた結果見つけた一定の傾向がそれです」

推測、とは言いつつもある程度の確信を持った口調。

それをある程度の納得と共に受け入れた一同は、揃《そろ》って次の疑問を持つ。

ならば——と言いたげな視線を受けて。エルメスは、その疑問に対する答えを口にする。

「そして恐らく——一番『読まれ易い』のが僕です」

……ある意味で、最も苦しい回答を。

「………な」

カティアが絞り出した驚きの声に、全員が同意する。それもそうだろう、紛れもなくこちらの中心人物であり——これは単なる印象だが、『行動を予知される』という現象からは最も遠いイメージを持つエルメスの動きが、実際は全て察知されると言うのだから。

……改めて。本当に、向こうの予知能力が規格外であることを知らしめられる。

だが、その上でも。臆しながらも次の疑問を呈するものがいた。

「じゃあ……逆に、一番『読まれ難い』人間は、誰なんですの？」

「……真っ先にそれが出てくるということは、貴女様《あなたさま》ももうお分かりでしょう」

そんな少女に向けて、エルメスは静かな口調で。

「——貴女です。リリィ様」

「！」

「貴女様が一番読まれ難い……と言うより、恐らくは唯一の『ほぼ完全に読まれない』方だと思われます」

その推論の根拠を、エルメスは続ける。

「ここまでの流れで、向こうが大きく読み違えただろう状況は二つ」

「……」

「一つ目は、『初手で僕たちを取り逃した』こと。あの最初の遭遇戦、向こうの最強カードであろうルキウス様に、僕たちの天敵であるニィナ様。加えて大司教本人まで出てきたところから――僕たちの出現場所を読んだ上で、初手で詰ませようとしたことは間違いないでしょう」

「……でも、取り逃がした」

「はい。そして、その決め手となったのが、殿《しんがり》になった僕が放った魔法――リ、リリィ様の、発想で思いついた魔法です」

「――あ」

あの所謂《いわゆる》自爆魔法は、道中のリリアーナの疑問から生まれたものだ。

実際大司教も……あの時は唯一、完全に驚いた表情をしていた。そして……

「二つ目は――言わずもがな、『この状況そのもの』です」

あたりを見回しながら、エルメスが宣言する。

「向こうの策略によって、僕たちと兵士の皆さんとの関係は修復不能の手前まで来ていました。それを覆したのもリリィ様の説得であり……この状況まで向こうの読み通りということはまずあり得ません」

理由は単純、この状況に誘導するメリットが一切ない。他にもリリアーナが関わって向こうの想定が狂っただろう出来事を列挙して、論の補強とする。

「逆に僕だけが関わった出来事は、先ほど述べた通り僕しか知らないはずの魔法まで対策されたことを含め、ほぼ確定で『読まれる』と思って良いでしょう」

何故エルメスが最も読まれるか、読まれ易さに影響するファクターが何かは……いくつか推論はあるものの確証を得るまでには至っていない。

ただ、恐らく——鍛えたからと言ってどうにかなるものではないのだろう。その辺りも含め、やはりあらゆる意味でこれまでの常識にない魔法の力であることを実感する。

……だが。だからと言って、対策を諦めるつもりは毛頭ない。

故に、その上で——とエルメスは居住まいを正し。

「だから……これからは、リリィ様の方針を中心に行こうと思います」

今後の方針を、告げる。

「！」

「リリィ様の仰《おつしや》った、『誰もが使える強力な魔法』の開発。それを用いた全体戦力の強化を、ここからの北部連合対策の主軸に置きます。そうすれば、問答無用で向こうに読まれることは最小限に抑えられるでしょう。

……並行して、拠点防衛のメインも僕は外れます。僕は引き続いて大司教の分析、自分からのアクションは取らず解析だけに集中する——した方が、良いかと」

無論、最後までそのままで終わるつもりは彼とてない。だが……少なくとも、今はそうした方が良いと。そう判断し語るエルメスの表情には、苦いものが滲《にじ》んでいた。

当然だ。彼は今、ある意味で初めて、自らの状況が手に余ると宣言した上で……にも拘《かか》わらずその対処を、他人に求めようとしているのだから。

――でも。彼はもう知っている。誰かの強さを。誰かとの間にある想《おも》いを。

だからこそ、エルメスは躊躇《ためら》うことなく――言葉を告げる。

「……すみません。皆さんの力を、お貸しいただけるでしょうか」

彼女たちの答えは、決まっていた。

「――当然よ」

代表して、カティアが答える。

だって。ずっと、待っていたのだ。

彼女たちの誰もが、彼に救われて。彼のために何かをしたいと、ずっと思っていて。

でも彼は強すぎて。大抵のことは彼一人で何とかするのが一番早くなってしまっていた。

そうならないために彼を追いかけていても、彼の歩みも立ち位置も、あまりに遠すぎて。

歯がゆい思いを、ずっとしてきたのだ。

そんな彼が、今。引き止めに応じて、ひとりぼっちの歩みを捨てて。

ようやく、手を伸ばしてくれたのだ。

――こんなに奮い立つことが、あるだろうか。

「任せなさい、エル。あなたがこれまで頑張ってくれた分、これからは私たちが頑張るから――頑張らせて、欲しいの」

「そうですわ、師匠！」

続いて、リリアーナも。

「わたくしもやりますわ。むしろ……わたくしが一番やれるというのなら望むところです！」

サラとアルバートも、肯定を示すように頷《うなず》いて。エルメスはそんな様子に、安堵《あんど》を示すように表情を綻ばせ。そして——一歩引いた位置で見届けていたユルゲンは。

「……………ああ、良かった」

心からの喜びを乗せた微笑みで、呟《つぶや》くのだった。

「変われるよ——変えていけるよ、この子たちなら。ローズ、君の歩まなかった……僕たちの歩めなかった道を、きっと」

——その、リリアーナ陣営の様子を見て。

騎士団長トアは神妙な顔で彼らを見据え……これまで彼らに噛《か》みつき続けていた当の隊長は呟く。改めて思った、先ほどトアに言われたことと同じ内容を。

「…………子供、なんだな」

迷って、間違えて、彷徨《さまよ》って。

自分の力が及ばないような、大いなる何かに押し潰されかけても。

それでも——もがいて。少しでも良い未来を摑《つか》み取ろうとする姿が。

色々なものを捨て去ってきた自分たちには、あまりにも眩《まぶ》しすぎる景色がそこにあった。

……ああ、でも。それでも。思い返す。

魔法の才がなくても、力が及ばずとも、こんな職業に就こうとした原風景は。

――『こういうもの』を守りたかったからでは、なかっただろうか。

「…………団長」

「ああ。だが、最初はお前が行け。それがけじめだ」

隣に立つ上司に声をかけると、全て分かっている回答が返ってくる。

少し気遅れしつつも、まぁそりゃ道理かと納得して。彼らのもとに、一歩を踏み出す。

程なくして気付いた第三王女陣営の前、その象徴であるリリアーナの前に彼は立ち。

「――その。今まで、申し訳ございません……でした」

まずは頭を下げる。粗野な彼にとって慣れない敬語を、精一杯の誠意として。

その上で、顔を上げて。

「あんたらの目指すところ、全部は分かんねぇ。だから最後に一つだけ聞かせてくれ」

偽りのない本心を、最後に一度だけ。

これまで弄ばれていた悔しさと、紛れもない期待を込めて。彼らを試す問いをぶつける。

「あんたたちは……くれるのか。力を。故郷を守れるだけの――そして、散々俺たちを弄んでくれやがった大司教の野郎に一泡吹かせるだけの力を……本当に」

「――はい、必ずや」

返答には、一切の躊躇いがなく。

「第三王女、リリアーナの名にかけて。この国を変える魔法を……誰もが、望む力を求められる国の第一歩となる魔法を、創りますわ」

その宣言を聞くと、彼は……ある意味で初めて、心から頭を下げて。

「――であれば、我々ハーヴィスト騎士団はこれより、貴女様に従いましょう」

その隣にでた騎士団長トアが、静かな敬礼を見せる。

「他の皆も、今の貴女様の宣言を実行してくださるのなら納得しましょう。……いえ、させて見せます。それがきっと、迷惑をかけ続けてきた貴女方へのせめてもの償いだ」

彼の言葉と態度には――ある意味でようやくの、紛れもない忠誠が感じられて。

……ようやく初めて得た、喉から手が出るほどに欲しかった軍隊としての戦力を前に。

長い苦境の果てに……ここで。

この国を取り返すためのスタートラインに立ったことを、彼ら全員が直感したのだった。

その後は、引き続きエルメス主導の解析結果の共有が行われた。

残る対策必須事項は、大司教の持つもう二つの力――『神罰』と『洗脳の血統魔法』だ。

そのうち一つは、既にエルメスの手によって有効な対策が判明……と言うより、必要以上に恐れる必要はないという結論に至り。

そして、もう一つ。大司教の自信と勢力の源となる魔法。それを突破し、大司教を打倒する最後の一手を、エルメスはこう告げたのだった。

「鍵になるのは――ニィナ様です」

◆

――また、夢を見る。

ここ最近、変わらない夢。形は様々なれど、結論だけは変わらない。

彼女にとっては、最悪の。何度も何度も強制的に見せられる、見たくもないもの。思い出す度に心が削られる、あってはならない未来。

すなわち――エルメスが死ぬ、という結末を。

そこで、目が覚める。

絶望が、疲労が、色濃く滲んだ顔で、ニィナ・フォン・フロダイトは起き上がり。

「まだ……まだ、『変わらない』かぁ」

夢が、変わらないこと。

すなわち己の尽力が実を結んでいないことを、否応《いやおう》なしに確認させられて、呟く。

そうして、彼女は。絶対に起こって欲しくない――けれど自分が何もしなければ絶対に起こってしまうだろう未来を変えるべく。

今日も立ち上がり、孤独な戦いに赴くのだった。

第八章 大司教

ニィナ・フォン・フロダイトがこの『魔法』を得たのは、ある意味で偶然であり、幸運であり、それ以上に不運だっただろう。

フロダイト家で過ごしていた時、兄が急にどこかおかしな言動をするようになって。

間髪容《い》れずに北部反乱を起こすことを持ちかけるべく、家にやってきた大司教ヨハン。

――こいつが全ての元凶だ、と確信した。

フロダイト家の中心は兄ルキウスだ。どうやったのかは知らないがその兄が既に毒牙にかかってしまっている以上、自分たちに争う術《すべ》はない。そのまま北部反乱に参加することを半ば以上強制的に確約させられ、両親はその準備に奔走させられることになった。

……ならば、自分が。

自分を拾ってくれたフロダイト家への恩を返すべく、ニィナは行動を開始した。

魔力を用いた高い身体能力を駆使して、兄と両親にばかり目を光らせている大司教の監視を潜《くぐ》り抜けて。なんとか奴《やつ》の支配を崩す突破口を探すべく、奴の周辺を嗅ぎ回って。奴が不自然に足繁《あししげ》く通うとある建物を突き止め、そこに侵入し。

そして――見つけて、しまった。

そこにあった、祭壇に飾られていたとある魔道具。意匠を端的に説明するなら、『翼の生えた書物と栞《しおり》』になるだろう。だが、肝心なのはそこではない。

その魔道具から放たれる――圧倒的なまでに神聖な、魔力の奔流。

ただの道具であるはずなのに、思わず一も二もなくその場に平伏してしまうような。そんな暴力的なオーラとでも呼ぶべきものが、祭壇を中心に建物全体に広がっていた。

問答無用で、『おそろしいもの』だと分かるその魔道具。

だが、同時に直感する。大司教の得体の知れない力の源は間違いなくこれだと。

故に彼女は、その場から逃げ出したい思いを堪《こら》えて一歩踏み出し。祭壇の上にあるその書物の形をしたものに……触れて。

流れ込む情報と共に、理解した。


その書物の名は、スカルドロギア。

『未来予知』という規格外の能力を持ち主に与える、異常な魔道具だと。


「…………なに、これ」

戦慄した。

ニィナとて貴族の端くれ、血統魔法に関して多少の知識は有している。

血統魔法の性質も、そしてその限界も。分かっているからこそ信じがたい――予知能力

などという、血統魔法ですら不可能な領域を可能にするその魔道具の存在を。

この威圧、そしてこの能力。間違いなく古代魔道具《アーティファクト》——いや。

魔道具について詳しくは知らないが……果たしてこれは。

古代魔道具などという括りにすら収まりうるものなのか——？

「——驚いた。よもや貴様がここを突き止めるとは」

そこで。背後から、致命的な声。

「これは私も『読めなかった』な。まぁ読めなかったということはさしたる問題ではないのだろうが」

普段のニィナなら気付けただろう。

だが、今の彼女は得体の知れないものを見て激しく動揺しており、加えてこのスカルドロギアの魔力に満ちた空間では彼女の感知能力も阻害される。

故に、気付けなかった。背後、入口から現れた大司教ヨハンに。

動揺と共に身構えるニィナ。しかしそれとは対照的に、ヨハンは思索の表情を浮かべる。

言った通り驚きはあるのだろうが……同時に、この程度大したことではないと考えているのも分かる、余裕のある仕草で。

「……ふむ。これを知られた以上、本来なら始末するべきなのだろうが……」

「っ！」

不穏な言葉に身構えるが、そこで大司教は顔を上げ。

「しかし、貴様の立場。そして貴様の血統魔法は極めて有用だ。貴様を始末するとルキウスがどうなるか分からない懸念もあるし——そうだな」

赤銅の瞳に恐ろしい眼光を宿し、顔に不気味な薄笑みを貼り付けて。

大司教ヨハンは、自分の力の源を知ったニィナに対し、こう持ちかけてきたのだった。

「——取引をしないか？　ニィナ・フォン・フロダイト」

◆

「……ふむ、ご苦労」

かくして、ニィナはこの北部反乱で……いや、それより前から。

『取引』に従い、大司教の命を受けて行動している。

現在は北部ハーヴィスト領及び第三王女派を崩すべく、兵士たちを利用した工作の真っ最中。エルメスたちが和解する、少し前のことである。

それに関連する報告を受けたヨハンが、どこか嘲弄するような薄笑と共に告げてきた。

「——随分従順ではないか。貴様も神の下に付く用意ができたのか？」

「馬鹿じゃないの」

返すニィナの声は冷たい。

当然だ。だって、そうさせているのはお前だろうとの意思を込めて。

「ボクはそっちの言うことを聞くことに加えて、予知関連の情報を外部に漏らすことができない。代わりにそっちはボクとボクの家族を害することはできない――」

内容を、告げる。取引の……いや、

「――そういう『制約《ギアス》』なんでしょ」

そう言葉にすると同時、彼女は自身の首元を指差す。そこにはうっすらと、黒い鎖を象《かたど》った痣《あざ》のようなものが浮かんでいる。大司教の首元にも同様の紋様が刻まれているはずだ。

これも、魔道具によるもの。ヨハンは教会の重鎮なだけあって、国のあちこちから集められた希少な魔道具を多数所持している。

今回はそれを用いて、今しがたニィナが言ったような契約を専用の魔道具を用いて行った。破った場合のペナルティは死であり、双方の合意がなければ解除も不可能。

その辺りに偽りはない。ニィナの感知能力は極めて高いため、魔法に不備があれば流石《さすが》に気付く。どうやら、大司教としても予知の件をばらされてはかなり面倒なことになるらしく、こうしてある種の譲歩をしてきた結果今に至るのである。

……だからと言って、安心できるものではないが。

むしろ、ヨハンがこうして余裕ありげながらも自身の行動を縛る形で譲歩してきたのは不気味だ。恐らく、いや、確実にこの契約の裏でなにかしらを企《たくら》んでいるだろう。

だが、望むところだ。どうにかして相手を出し抜こうとしているのは互いに承知の上。

その上で自分はこの契約の中で、抜け道を見つけ出す。

彼女の視線を受け、それでも大司教は馬鹿にするように笑うと、

「補足すると、貴様も同様に私を害することはできん。……まぁあくまで物理的、肉体的にではあるがな。例えば——そうだな、貴様の血統魔法を私に使ってみるか？　ひょっとすると可能性があるのではないかね？」

「……はは。安心してよ」

失笑する。大司教も答えは分かっているだろうから。

「ボクの魔法——あなたには、絶ッ対に効かないから」

ニィナの血統魔法、『妖精の夢宮《イル・フェルリナ》』。

効果は魅了《チャーム》。特性は、対象への好意によって効果が変動する。

すなわち、好きな相手に対して使うほど魅了の効果は高くなり。

逆に——嫌いな相手には一切通用しない。

そんな、ある意味でひどく厄介な特性を持った魔法。それを利用したニィナの皮肉まじりの嫌悪宣言だったが——当然、大司教は意に介する様子もなく。そのまま言うべきことは言ったとばかりに執務室を後にしたニィナを、底知れない表情で見送ったのだった。


……ヨハンをどう出し抜くか。

それはニィナがこの状況に陥ってから考え続けていることの一つだ。

真っ先に考え真っ先に却下した案は、先ほどヨハンも言った通りヨハンに『妖精の夢宮《イル・フェルリナ》』を試すこと。

理由は、あの大司教はどう足掻《あが》いても好きになれるわけがないことに加えてもう一つ。

それは——ヨハン自身の血統魔法だ。

奴の魔法の効果は洗脳。対象の思考を操作する……大枠で言えばニィナと同系統の魔法。

そして、思考操作系の魔法に関する特徴の一つ目。

——『同系統の魔法持ちには基本効かない』のである。

恐らく、その系統の魔法持ちは無意識のうちに心理的な防壁を張っているのだろう。

それがある故に、仮に魔法発動に必要な条件を満たしたとしても、余程のことがなければ同系統の魔法を所持している限り搦《から》め捕るのは難しい。

それは逆に、『ニィナが洗脳される』という最悪の事態に対する警戒をそこまでしなくて良いという点で安心材料でもあるのだが……しかし、向こうを出し抜く手段が一つ絶たれたことに変わりはない。

続いて考えたのが、ルキウスの洗脳を解くこと。……しかし、それも難しい。

理由は、思考操作系の魔法に関する特徴の二つ目。

——『最初にかけた方が圧倒的に有利』である。

すなわち、同系統の魔法をかけ直す『上書き』の方が極めて難易度が高いのだ。

余程の実力差がなければそれを覆すことは能《あた》わず——そして血統魔法の術者としては、

ヨハンの方がニィナよりも桁外れに上。逆ならばともかく、ヨハンの洗脳をニィナの魅了で上書きすることは、いくらルキウスが家族であっても不可能なのだ。

……だからこその、この閉塞した現状。

どうするか、と考えながら砦《とりで》の中を歩き——そこで気付く。

（…………ああ、またかぁ）

彼女が感知し、視認もしたのは周囲の影。

そこからひそひそと聞こえる、文字通りの陰口だ。

「——見ろよ、悪魔の血統魔法持ち。フロダイトの妹が歩いているぞ」

「本当ね。邪悪な存在でありながらどうしてああも堂々としていられるのかしら」

「穢《けが》らわしいなぁ。ああはならないように俺たちも励まなければ」

……ニィナが生かされている理由の一つがこれだ。

嫌われ者であること。反面教師であること。悪《あ》しき規範であること。外部に加えて、内部にも明確な『敵』を用意することで。内側の不満を逃す生贄《スケープゴート》の羊を作る。

ヨハンのいつものやり方であり……集団をまとめ上げる上では非常に有用な手段。

『魅了』というひどく外聞の悪い血統魔法を持つニィナは、その格好の餌食だ。

自身に向けられる悪意の言葉、嫌悪の視線、侮蔑の気配。

相手するだけくだらないとは分かっているものの……

（……いざ自分が向けられる側になると、想像以上にきついなぁ……）

だが弱音を吐いてもいられない、無視に限る。そう思って歩き出したが……しかし。今日ばかりは、どうやら勝手が違ったようだ。

「――よぉ、淫魔《サキュバス》」

陰口ではなく、面と向かって。真正面から歩いてきた連合兵の一人が声をかけてきた。

「………何かな？」

初手から蔑称を使ったところを見るに、真っ当な用事ではないだろう。

声をかけてきた兵士、そしてその脇に控える二人の兵士の顔に一様に浮かんだ苛立《いらだ》ち混じりの嘲笑からもその確信を深める。

「はっ、相変わらず口調も態度も身の程を弁《わきま》えちゃいないな」

「ああそうだぜ、大司教様直属だからって調子に乗ってるんじゃねぇのか？」

「お前の立場はここで一番下なんだよ、分かってんのかおい」

……彼らの体にある傷跡等から察するに。

現在進行中のハーヴィスト領攻略作戦に出ていて――それに派手に失敗し、上官に叱責されて溜《た》まった鬱憤をぶつけにきた、といったところか。

怒りはしないし、怯《おび》えもしない。そんな感情をぶつけるまでもない程くだらない相手だし……全く脅威にも感じない。ニィナの剣の腕なら三人まとめて秒で転がせる。

――だが、それはできない。

何故なら……『兵士たちは傷つけるな』と大司教に指示されているからだ。

彼女の無表情にさらに苛立ちを刺激されてか。

「……分かってねぇようだな。なら——直接教え込んでやるしかねぇなぁ！」

実力行使に出るべく、兵士たちが一歩を踏み出す。苛立ちに加えて、彼女の体を見る視線に邪《よこしま》なものも混じり始める。周りの人間は止めはしない。むしろその光景を見て溜飲《りゅういん》を下げようとするものさえいる。

何故なら——大司教がそう定めたから。彼女が受けるべき不満や鬱憤の中には、『そういうもの』も含まれていると言葉にせずとも決められていたから。

……改めて、味方などこの場のどこにもいないのだと認識させられて。

冷え切った心が軋《きし》むのを感じつつ——傷つけることはできないから、適当に逃げるしかないかなぁと諦念混じりに考えた、その時だった。

「——がッ!?」

がしり、と。ニィナに詰め寄ろうとしていた兵士の頭が『片手で』摑《つか》まれる。

そのまま凄《すさ》まじい握力と腕力で、片腕で兵士を宙吊《ちゅうづ》りにした。

そんな俄《にわか》には信じがたい膂力《りょりょく》を発揮した、その男は周囲の驚愕《きょうがく》の視線を受けながら。

「——人の家族に何をしている？」

ルキウス・フォン・フロダイトは冷ややかに告げるのだった。

「だ、団長！」

現れたルキウス――北部連合騎士団長を前に、ニィナに近寄っていた三人の兵士たちが驚きの声をあげる。

……だが。続けて彼らの表情に浮かんだのは、怯えではなく――不満だった。

「――なんでそいつを庇《かば》うんですか！」

「そうです、そいつは邪悪なる淫魔だ！　立場を弁えるべき存在のはずだ！」

「……だが、私の妹だ」

しかし、それにもルキウスは動じず。

「邪悪であろうとも、軽蔑されるべき存在であろうとも、私の家族だ。庇うのにそれ以上の理由が必要か？」

淡々と述べる。兵士は一瞬怯《ひる》むが――すぐにまた、正義はこちらにあると叫ぶように。

「で、でも！――大司教様が直々にそう決めたのですよ！」

「ああそうです、こいつを軽蔑すること、軽蔑し、自分たちはこうならないように戒めにすること！　それこそが大司教様のお言葉、神のご意志のはずだ！　あんたは――それにすら逆らうって言うんですか！」

その、この場で絶対の存在である大司教の言葉を借りての反論。

――だが、それでも。

「ああ」

ルキウス・フォン・フロダイトは。大司教ヨハンに洗脳されているはずの男は。

「――たとえ大司教のお言葉であろうとも。私は私の妹を、家族を守ることを優先する。その上で改心と更正を促す。それが私の判断だが、どうかしたか？」

そう、偽りなく言い切った。

「――――」

思考操作系の魔法に関する特徴の、三つ目。

――『対象の性質や性格を著しく変えることはできない』。

つまり、ルキウスにとって、家族を守ることは。

たとえ思考をいじられようとも変わらない、あの大司教の力をもってしてもどう足掻いても変えられない。それほどの、確固たるものであるということ。

「……ほう？　まだ文句がありそうな顔だな。ならば私にぶつけてこい。上官への叛逆《はんぎゃく》をこの場では咎《とが》めん。さぁ、言いたいことを言うと良い。――抵抗を許されないものを嬉々《きき》として嬲《なぶ》る。騎士としてその在り方を良しとするべきか否かも含めて、な」

そう語るルキウスの、あまりにも揺るぎない雰囲気に圧《お》され。

加えて最後の言葉に何も言い返せず……周りの人間諸共《もろとも》に、男たちもその場から退散していくのだった。

「……お兄、ちゃん」

ようやく驚愕から復帰したニィナは、それだけを絞り出す。

思考操作の魔法を持っているからこそ、彼女には分かる。今の言葉を、迷いなく言い切れる意思の強さ。心の揺るがなさが——如何《いか》に希少な凄まじいものであるかを。

「えっと……あり、がとう」

とりあえず、それだけは言いたいと。そんな思いで続けて告げた言葉に、ルキウスは振り向いて笑みを見せる。

「何、気にするな妹よ。当然のことだとも——それに」

続けて、今までとは違うどこか高ぶった……普段の彼に近い雰囲気で。

「私としても、今は水を差されたくない。……個人的に、楽しみなことができたのでな」

「…………え？」

改めて驚愕の声が出た。

ニィナの見ている限り、ルキウスはこの北部反乱に然程《さほど》乗り気ではなかった。逆らうことは勿論《もちろん》ないが、大司教の指示だからやっているだけという認識だったはず。

一体どうして……とのニィナの疑問を読んだか、ルキウスは。

「ああ、無論ハーヴィスト領崩しに手を抜くつもりはないとも。戦うより前に相手を降伏させられるならそれに越したことはない。——だが」

更なる活力に高揚した……これまでと明らかに違う表情を見せて。

「——個人的には。あの少年とは是非また、刃《やいば》を交えてみたいと思うからな」

……『あの少年』が誰を指しているのかは、言われるまでもなく分かった。

言葉を失うニィナに、ルキウスは何かに気付いた表情を見せると。

「……おっと。必要以上に話してはならないと言われていたのだった。

ではな、ニィナ。――ああ、また今回のようなことがあれば私に言うと良い！」

洗脳の影響下にありつつ、それでも心から家族を気遣う表情で。

ルキウスはそう告げて、足早に去っていく。

「…………………」

しばし、それを見送った後。ニィナは、自分の胸に手を当てる。

……先ほどまで感じていた冷たく暗いものが、幾分か和らいでいるのを感じた。

「……ありがとう、お兄ちゃん」

兄のことは、心から尊敬している。行き場がなくなってしまった自分を拾ってくれたフロダイト家の一員で、嫌な顔ひとつせず自分を家族として受け入れてくれたこと。

加えて今見せたあの在り方も含めて、本当にすごい人だと思う。

そのまま、ニィナは歩き出す。先ほどよりも、幾分か軽い足取りで。何故なら、今の出来事を目にしたことに加えて……

「……ああ。だめだなぁ」

現状を抜け出すまでは、心の奥底に封じておこうと思っていたのに。

少しだけ、希望が見えて。大司教の作った檻《おり》も完璧ではないと分かって、光が差してしまって。おまけに、その当人を話題に上げられてしまえば――どうしても、想《おも》いが溢《あふ》れる。

「……会いたいなぁ、エル君」

出会った時から、不思議と気が合った人。そこから交流を深めるうちにその信念を見て、自分になかったものに憧れて、好きになった人。

そして――この先、このままでは命を落とす未来が決まってしまう人。

彼が不覚をとるなんて、考えられないし考えたくもない。

だが――それでも、あの大司教ならきっと不可能ではない。実力云々《うんぬん》の問題ではない。彼と奴《やつ》では、それ以前に致命的に相性が悪い。

……させる、ものかと。彼がそんな結末を迎えることなど、断じて許容できない。

そんな未来が――あって良いはずがない。

「……今度は、ボクが救うんだ」

だからこそ、彼女は今まで以上に。

非力な自分でも……否、今回は非力な自分だからこそできることがあるはずだと。

ひどい状況でも、過酷な環境でも前を向き。悪夢を打ち破る一手を、探り続けるのだった。

◆

引き続き、ニィナは考える。

（……懸念事項もある）

大司教ヨハンの力の源は、埒外《らちがい》の古代魔道具《アーティファクト》：スカルドロギアによる未来予知能力。だがそれだけで全て説明できるかと言われると、そうでもないのだ。

特に分からないのは――

（洗脳の血統魔法。……なんで、あんなに強力なの）

思考操作系の魔法に関する特徴、四つ目。

――『発動条件の厳しさと効果の強さが比例する』。

つまり、魔法が有効になるまでに満たすべき条件が厳しければ厳しいほど決まった時の効果は強力になり、逆に緩ければ発動が容易《たやす》い代わりに大した効果は期待できない。

ニィナの『妖精の夢宮《イル・フェルリナ》』は比較的前者であり――

……そして、大司教の魔法は後者であるはずなのだ。

恐らく対象に一定期間触れて魔力を送り込む、等のそこまで難しくない条件、その代わり思考を変更できる範囲は極めて限られたもの。そういう、広く浅い類の魔法のはず。

にも拘《かか》わらず、ヨハンの魔法はこの北部連合で猛威を振るっている。

北部連合の中枢に近い人間は軒並み大幅な思考改変の影響を受けている。連合が短期間でここまでまとまったのはその影響が大きく。

そして何より——ルキウスですら、その影響下に置かれてしまっている。

ルキウスほどの高い魔法能力、加えて確固たる信念も持っている人間を操るのは容易ではない……どころか極めて、最大と言って良いほどに難易度が高いはず。

先ほどニィナを庇ってくれたことからも完全に影響下に落ちたわけではないようだが——逆に言えば、『その程度しか抵抗できない』というのは明らかにおかしい。

どう考えても異常な威力。この類の血統魔法は本来そこまで便利なものではない……そのはずなのに、二桁に及ぼうかという人数を容易く動かしている。これも規格外の性能だ。

恐らく……否、確実に何か秘密がある。

そのからくりが未《いま》だ分からないことも含めて、大司教はやはり底が見えない——が。

(それでも……隙がない訳じゃない……！)

ニィナはそう考える、そう信じる。

何故《なぜ》なら——大司教は、ニィナを使っている、から。

未来予知の能力を知り、明らかに大司教に反抗的なニィナを、任務に出している。

(——『そうせざるを得ない』んだ。エル君たちに強いボクを使わないと追い詰めきれないほどに、エル君たちが厄介ってこと)

そうでなければ、たとえ契約で縛っているとしてもリスクのあるニィナをここまで積極的に動かしたりはしないだろう。極論『黙って引きこもっていろ』と言えば漏洩《ろうえい》は絶対にしないのに、だ。

そこが、隙だ。そして、それを突けるのは自分だけ。

奇《く》しくもあの古代魔道具《アーティファクト》に触れ、大司教と同じ予知の力を得て。

唯一大司教と同じ局面、盤面が見えている——ニィナ、だけだ。

加えて、思考操作系の魔法の特徴である、『同系統の魔法持ちには基本効かない』。これはどうやら、この予知能力にも当てはまるらしい。

つまり——大司教も、同じ予知能力を持つニィナの未来だけは予知できない。

故に、結論は互角。

ここからは『北部反乱』という盤面を挟んでの、ヨハンとニィナの読み合い《ボードゲーム》。

抗《あらが》う余地は、十分ある。

やってみせるんだ、今は自分が。彼にもらった、流されるだけではない先に進む力を持って。必ず、大司教によって整えられた鳥籠を壊してみせる。自分だけが、壊せるんだ——

◆

——なんて寝惚《ねぼ》けた考えは、すぐに粉々に打ち砕かれた。

(……そん、な)

変えられない。

何をやっても、どう抵抗しても――エルメスが死ぬ、という未来だけは変えられない。

当然、ニィナは可能な限りの反抗をした。大司教の命令に反しない範囲で、可能な限り未来予知のアドバンテージを活《い》かしてエルメスたちに有利になるように立ち回った。

最初の遭遇戦では、敢《あ》えて最初にエルメスたちを追い詰めることによって『大司教の「神罰」による完全な不意打ちで殺される』という僅かだがあり得た可能性を封じた。

ハーヴィスト伯爵を送り込んで兵士たちに不信感を植え付ける任務では、感知能力の強い者ならばぎりぎり気付く範囲での通り道を案内し、致命的な一言を言われる前にリリアーナを呼び寄せることに成功した。それにより、『エルメスが疲労し切ったところでルキウス急襲』の可能性を僅かながら弱めた。

その他にも、大小様々な。エルメスたちの『詰み』を回避できる、できる限りの抵抗を積み重ねた。

――にも、拘わらず。

どう足掻《あが》いても、ニィナに変えられる範囲は微々たるもの……否、大司教が大幅な改変を許さない。抵抗できないように命令や任務を組み立てて、ニィナの叛逆を許さずニィナの力だけを有効活用してくる。そうさせてしまっている。

そして、どれほど抵抗しても。最悪の未来だけは依然そこにあってしまう。

一つの要因を潰しても、また別の要因が。見えている全てを封じても、また新たな詰みの道が出てくる——否、大司教の手によって用意される。

——あの男《エルメス》だけは絶対に殺す。

あの飄々《ひょうひょう》とした大司教の態度からは想像もできないほどの、底知れないその殺意。

今までの敵とは違う、エルメスをこの上ない脅威と認めたが故の一切の妥協がない否定の、滅殺の意思。それによって……ニィナはほとんど抵抗を許されず、着実にエルメスが殺される未来、そこに辿《たど》り着く確率が上昇していった。


……エルメスが悪いわけではない。

彼は強い。ありとあらゆる意味で強い。それは間違いないのだ。

だが——だからこそ。彼は大司教と……否、この魔法との相性が最悪なのだ。

だって。古代魔道具《アーティファクト》：スカルドロギアによる未来予知。

それによる、対象の予知が容易になる傾向の条件は。


——『強い人間ほど読み易くなる』なのだから。


強い人間……言い換えれば、未来に与える影響が大きい人間。

そんな人間ほど、この予知能力は搦《から》め捕る。人の進歩を否定する、あらゆる意味でこれまでの常識が通じない、故にこその規格外。

だから、エルメスはここまで苦戦を余儀なくされ。

加えて――だから大司教ヨハンは、『空の魔女』ローズですらある意味で打倒することに成功したのである。

そうして、あの男は。鳥籠を壊しかねない力を持った人間は、その予知能力で行動を読み切り、洗脳能力で民を操って自らの手だけは汚さずに排除して。

自らの権勢を、自らが語る神の国を、ずっと守ってきたのだ。

そして、今回も。

「…………まだ、なの…………」

彼女は、エルメスが殺される悪夢に魘《うな》されて跳ね起きる。

今回見たのは、『疲弊しきったエルメスが急襲してきたルキウスに為《な》す術《すべ》なく殺される』という現状最も確率が高く――同時に、彼女にとっては最悪極まる展開。

他にも、兵士たちに追い出されたエルメスが孤独のまま次々と襲い来る刺客を退けきれず疲労困憊《こんぱい》の果てに殺される、行動を読まれきった結果教会からの援軍に囲まれ孤軍奮闘ののち援軍全てを道連れに力尽きる、等々。

いくつもの可能性を――いくつものエルメスの死に様を、繰り返し繰り返し。

そんなものを見て真っ当に寝られるわけもなく、疲労ばかりが蓄積して。結果昼間でも寝落ちてしまうことが多く、また悪夢を見させられるという悪循環。

もはや未来予知の能力自体が、彼女に牙を剝《む》いていた。

そうして、何度も、何度も、何度も地獄を見て。

「…………それ、でも……っ」

――それでも尚《なお》、彼女は起き上がり。どこかに、きっと突破口はあるはずだと。

そう信じて、疲労で鈍った思考を尚動かし、今日も彼女だけの奮闘を続けていたのだ。

◆

そして、遂《つい》に。『その時』はやってきた。

「新しい任務だ、ニィナ・フォン・フロダイト」

平然と、余裕ある様子で――裏を返せば、ニィナのことなどまるで脅威と思っていない態度で。いつものように大司教ヨハンが告げてきた任務が、発端だった。

「――ハーヴィスト領の騎士団長トアを襲撃して来い」

「！」

「今、ハーヴィストの兵士たちと第三王女派との関係は最悪に近い。そこで兵士たちの心の拠《よ》り所《どころ》の一つであるトアがやられたと知れば奴らは更に揺らぐ。……到底得体の知れない連中を信用する余裕などなくなるほどにな」

「……だから、ボクに？」

「ああ。最低でも一定以上の手傷は負わせて来い。――できるだろう？　貴様なら」

……騎士団長トアは強敵だ。だが、彼は北部全ての人間が尊敬する偉大な守護者。故に、ニィナの魔法が通ってしまう。それを見越して彼女に任せるのだろう。

相変わらず、この男の適材適所と底意地の悪さには舌を巻く——が。

「……了解」

端的に、ニィナはそう答える。

「おや、いつものように憎まれ口の一つでも叩《たた》かないのかね？」

「それを言ってもあなたが喜ぶだけでしょ。……やりたくもないことだ、さっさと終わらせてくるよ」

続く皮肉も軽く受け流し、ニィナは即座に大司教の執務室を後にして。

扉を閉めて……手応えに、拳を握る。——ようやく隙を見せたな、と。

ニィナが受理した任務は、騎士団長トアの襲撃のみ。無論それは遂行する。しなければならない。

だが——それ以外を襲撃するなとは言われなかった。

彼女は知っている。ヨハンがハーヴィスト領の兵士の中に洗脳済みのスパイを潜り込ませていると。それが、万が一の和解の可能性も閉ざしてしまっていると。

加えて、彼女は北部連合の兵士たちを傷つけるなとは言われているが……ハーヴィスト領のスパイまで傷つけるなとは言われていない。

ならば、ここが好機。そのスパイたちを人知れず……元は味方なのだから、申し訳ないが再起不能ではない程度に傷付けさせてもらう。

そうして、和解のための不安要素をなくす。

当然大司教にはすぐにバレるだろう、だが知ったことか。仮にそれで罰を受けることになろうとも――エルメスたちの助けになれるのならば構わない。そんな覚悟と、唯一の好機に縋《すが》るように。彼女は任務どおり騎士団長トアの襲撃と、スパイたちの排除を完了し。

そして。

「――ご苦労、ニィナ・フォン・フロダイト」

帰ってきたニィナは。

「これで――私が昨日流させた噂の通り、ハーヴィスト領の兵士たちは、エルメスたちが貴様を使って強引に邪魔者を排除した、と思い込んでくれるだろう」

してやられたことを、悟った。

「これで兵士たちの心は、完全に奴《やつ》らから離れるだろう。『反対意見を言っていただけの人間を力ずくで排除するような連中にどうして従えると言うのかね』

「ッ、でも！　あの人たちはあなたが用意したスパイで――」

「だから何だ？……よもや貴様、今のエルメスたちがそんなことを言って信用してもらえるとでも？」

「！」

「元々、スパイの存在は近日中にエルメスにバレる未来だった。ならば最後に特大の、貴様を使った不信の爆弾を仕込むのも良いかと考えたまでだ。理解できたか？」

……誘導されていたのだ。

大司教は、これまで自分に一切の未来に関する抵抗を許さなかった。

そうして悪夢を見せ続け、余裕と思考力のなくなった自分にわざと隙を見せて。判断力の鈍ったニィナがそれに飛びついて、スパイたちの排除に向かうことまで全て計算ずくで。

「仮にあの場を乗り切ったとしても、最早《もはや》関係修復は不可能だろう。あの愚かしく、力なく、易《やす》きに流れることしか知らない兵士どもがこんな目に遭ってまで信用などできるはずがないし、実際にそういう未来も見た」

「――――」

「唯一の不確定要素はあの王女だが……まぁ問題あるまい。私が読めないほど弱っちい王女様に、何ができるものか。かの『空の魔女』に似ているのは見た目だけというわけだな」

大司教は、そんな未来を。昨日の時点で予知し、そこから想定した事象を疑っていないようだった。……でも、もうそんなことはどうでも良く。

「ああ、今はもう下がって良いぞ。……それとも、諦めて神の配下になるかね？」

告げられたヨハンの言葉にも一切反応できず、ニィナはその場を後にしたのだった。


……ヨハンの想定する未来が、実現するかどうかはまだ分からない。

――だが、彼女を打ちのめしたのはそこではなかった。

（……最初っから、思い通りに。動かされて、いたんだ）

自分だけが、なんとかできると思っていた。

同じ力を持った自分が、彼らを助ける。助けられるんだと、思っていたのだ。

でも、実際はこのざまだ。何もできないどころか、同じ力を持っていることすら利用されて自分の動きを誘導された。向こうの掌《てのひら》の上で、踊っていた。

——同じ盤面を見ているから、なんだ。そんなもの、所詮『それだけ』だ。

仮に運よく盤を挟めても……最初から自分とヨハンでは、指し手《プレイヤー》としての力量に天と地ほどの差があった。

自分如《ごと》きでは、ヨハンにはどう足掻いても勝てない。あの態度の通り……大司教は最初から、自分のことなど全く脅威には思っていなかったのだ。

「…………」

未来の光景よりも、何よりも、その事実が。

彼らの、エルメスたちの役に立てなかったという事実が、彼女の心を苛《さいな》む。

（……やっぱり。ボクじゃ、ダメなのかなぁ……）

大した信念も力も持たない、流されるがままに生きてきた自分では。こんな未来を懸けた戦いの場においては、都合よく使われる駒にしかなれないのだろうか。

疲労と悪夢で擦り切れた心に、どうしようもない諦念が忍び寄ってきた頃に。

「——さて。連続で済まないが、次の任務だ」

また、大司教ヨハンに呼び出され。言葉とは裏腹に全く申し訳ないなど思っていない口調で。ハーヴィスト領にとどめを刺すべき命令が、与えられるのだった。

◆

その日の夜。ニィナは――今日の昼頃にも騎士団長襲撃の為《ため》に訪れていたハーヴィスト領に、再びの侵入を果たしていた。

侵入は容易だった。向こうの防衛体制が悪いわけではない。まずこの広大な砦《とりで》を防衛するには絶対的な人数があまりにも足りないことに加えて――

――何より。未来予知能力が、反則すぎるだけである。

今回彼女に与えられた任務は、破壊工作。ヨハンの確信に近い予想では、エルメスたちと決裂したハーヴィスト領防衛組は既に崩壊の一歩手前にある。

だからこそ、そろそろ頃合いとばかりに。ハーヴィスト領を一挙に攻め滅ぼし――同時に切り札ルキウスを送り込んで疲れ切ったエルメスを殺すべく。その時に攻めやすいよう、予《あらかじ》め砦に物理的な綻びを作っておく工作である。

これが成功すれば、明日には北部連合が一斉にこの砦に押しかけ――エルメスが死ぬ、最悪の未来が現実のものとなる。

それを理解していても……制約《ギアス》に縛られた彼女には、回避する手段が思い浮かばず。

何より……自分なんかに何ができるのだろうかと。打ちのめされていた心では反骨精神を持つこともできず、淡々と指令に従って作業を続けることしかできない。

……誰かが嗅ぎつけてくることもない。

どれほど彼女がそれを望んでも、分かってしまっているのだ。ヨハンの、そして彼女が持つ未来予知能力によって、ここがこの時間、防衛戦の完全な死角になっていることを。

だから、どれほど願っても。彼女の任務を、破滅をもたらす作業を止める人間にも。

近くにいるはずの、彼女が心から会いたい人にも、誰にも会うことはできない――


――と、思っていたのに。


「…………え」

気配がした。

同時に、ひどく軽い足音がした。

反射的に振り向く。すると、誰も訪れる未来がなかったはずのその場所には。

「初めまして……と言うには、少し語弊がありますわね」

彼女が、一番会いたい人ではなかったけれど。

確かに、唯一。大司教の魔の手から完全に逃れうる人間が。

「……お話を、させていただけますこと？　ニィナ・フォン・フロダイトさん」

リリアーナ・ヨーゼフ・フォン・ユースティアが。

初めて会った時以上に、確かな決意と意思を宿して。こちらを見据えていたのだった。

第九章　『普通』の少女

ニィナは思い返す。

魔法学園での、激動の一ヶ月間。後期から突如学園にやってきた男の子が中心となって、凝り固まった全てを爽快に破壊していった胸の空《す》くような変革劇。

幸運にも――まぁ本当はある程度事前に分かってはいたのだけど、自分もその一部始終を彼のそばで見届けることができた。

そんな彼の周りには他にも……とても、とても輝いている人たちがたくさんいて。

そういった人たちと自分が一緒にいられたことは、とても光栄で。事実あの一ヶ月間は、ニィナの人生の中でも最も楽しかった時期の一つに数えられるくらいだったけれど。

でも……本当は。そうやって、すごい人たちと。真《ま》っ直《す》ぐな人たちと、きらきらした人たちと一緒にいるたびに。

耐え難い瘧《おこり》のような感覚が、思考が、自らを苛んでいたのだ。

すなわち――ボクなんかが、ここにいていいのかなぁ、と。

◆

夕刻、ハーヴィスト領の砦にて。兵士たちとの和解が完全に済んだ後、改めて北部連合打倒について慌ただしく各々が動き出したしばらくの後。

再度、エルメスとリリアーナの二人が、会議室にて向かい合っていた。

「勝負は今日です」

そう、エルメスは切り出す。

「これまで読まれていた傾向的に、大司教の未来予知は夜から朝にかけて行われると予測できる。恐らく『予知夢』という形だと推測するのが最も妥当でしょう。すなわち——まだ大司教が『次』の予知を行わず、かつ今日の予知から外れたこのタイミング。今なら僕の行動も……完全に読まれないとは言い切れませんが読みにくくはなるはず」

そう。今日は既に特大のイレギュラーによって完全に外れた未来を歩んでいる。だが……恐らく大司教が『次』の予知を行えば、そのイレギュラーも修正されてしまうだろう。

故にこそ、今日。この時これからの行動で、大司教の予知能力をもってしても『読めない』未来になっているこのタイミングで——

「——全ての『仕込み』を終わらせます」

エルメスは、そう宣言した。

そして現在ハーヴィスト領で進行している北部連合攻略準備のうち、エルメスが関わらなければならないことは二つ。

「そのうちの一つ、『リリィ様の描く魔法の開発』に関する部分は——既に、貴女様《あなたさま》から素案は受け取りました」

告げたのち、彼は手元に文字盤、『原初の碑文《エメラルド・タブレット》』を出現させる。

そこには既にインプットされている。リリアーナが、彼女の想《おも》いによって創った――否、創ろうとしている魔法の全貌が。

当然、いくら『原初の碑文《エメラルド・タブレット》』を所持していても、リリアーナはそれを継承してひと月も経《た》っていない。そんな僅かな学習で魔法の開発ができるほどこの創成魔法は甘くない。

想いを持てても、それを形にするための技量が、知識が圧倒的に足りていない。

そして――だからこそ、エルメスが。

魔法を創る上で不可欠な想いは持たずとも、一度魔法を創った経験があり。開発の技術だけなら既に抜きん出たものを持っている彼が、その空隙を埋める。

言うなれば、共同開発だ。

想いを持ち、加えて創成魔法を多少なりとも学んで大まかな知識も持っているリリアーナが『素案』を生み出し。それを基に、エルメスが実際に使える形まで『実現』する。

『原初の碑文《エメラルド・タブレット》』の使い手が二人いるからこそ――そして、エルメスの桁外れの能力とリリアーナの桁外れの学習速度があったからこそできる離れ業だ。

加えて、エルメスが過度に干渉すると大司教に切り札となるこの魔法を予知される確率が上昇するという問題は――今言った通り、今日このタイミングでエルメスが作業を行うことで解決する。

「必ず」

強い決意を込めて、エルメスは言葉を発する。

「必ず、今日中に技術的な問題は全て解決してみせます。最終調整はまたリリィ様に行ってもらうことにはなりますが——調整しきれるものは今日中に用意してみせますので。だから……」

だからリリアーナに今から頼みたいことは、エルメスが関わる必要があることの二つ目。

「——ニィナ様に接触してください」

大司教を打ち破る鍵となる少女に関わる、重大なことだ。そしてこれは、未来予知の件やその他諸々《もろもろ》の事情を考えると、現状リリアーナしか適任者がいない。

「それは構いませんが……接触、できるのですか？」

「できます。大司教にとっても恐らく制約《ギアス》で縛っているニィナ様はかなり使い勝手の良い相手のはず。そして、大司教が想定していただろう未来なら……間違いなくこのタイミングで、この砦を完全攻略する工作兵を送り込んでくるでしょう」

それに単騎で動きやすいニィナが選ばれる確率は、かなり高いだろう。

故に、そこへ説得要員としてリリアーナを送り込む。

ニィナは恐らく、大司教に近い駒だ。そして向こうは、対エルメスを徹底的に固めている。そんな中、面従腹背《めんじゅうふくはい》が分かっているニィナとエルメスが接触することだけはなんとしても避けようとするだろう。それだけは読まれている可能性もある。

故に、エルメスではなく完全に予知できないリリアーナを派遣する判断だ。が……

「これで、ニィナ様と接触、及び説得してこちらの陣営に引き入れる。……恐らく、危険を伴う任務でしょう。できれば僕が行くのが一番良いのですが……」

そこで、彼は歯嚙《はが》みする。これまでとは違う──『自分が一番動けない』、という不条理に。重大な局面でありながら自分以外の人を頑張らせてしまう不甲斐《ふがい》なさに、ある意味で初めての悔しさを滲《にじ》ませている。

そして、それを見たリリアーナは。エルメスの身内に対する責任感の強さを頼もしくも思ったけれど、それと同時に。

──わたくしは、そんなに頼りありませんかと。

妥当な判断だと分かっているけれど……それがちょっとだけ彼女も悔しかったから。

「お任せくださいませ、師匠」

そんな抗議の意も込めて──リリアーナは顔を近づけて彼の手を握り。

「そもそも、師匠はこれまで働きすぎだったのです。わたくしの知る『師匠』というものは、もっと後ろでどっしりと構えて、静かに知識をくれて、道を教えてくれて……弟子を見守って、求めればそばにいてくれて」

……少しばかり彼女の願望も含んだ師匠像を語ったのち。

「そして──弟子が頑張ったら、たくさん褒めてあげるのが仕事ですのよ」

「！」

愛らしい上目遣いで、それを期待するように告げる。

そのまま少し呆《ほう》けるエルメスの手を離すと、リリアーナはもう一度笑いかけて。

「だから、安心して待っていてくださいまし。必ずや、師匠の望むことを成してきますから」

それを聞いたエルメスは感謝と安堵《あんど》をのせた笑みを見せると、改めてこれから任務に向かうリリアーナに、いくつかの注意事項と共にとあるものを託し。

そうして、大司教を追い詰める最後の一手を放つべく、彼女は砦《とりで》を飛び出した。

◆

その後、リリアーナは砦外壁付近、加えて『エルメスがどう頑張っても行けないところ』という推測。そして最後は彼女の直感と感知能力を頼りに小一時間ほど巡回を行い

——


「……大当たり、ですわね」

見つけた。エルメスの推測通り、翌日ハーヴィスト領を崩すための工作を行っている銀の少女を発見する。同時に素早く、けれど過度な警戒はさせないように近づいて。

「初めまして……と言うには、少し語弊がありますわね」

彼女に、声をかけるのだった。

「……お話を、させていただけますこと？　ニィナ・フォン・フロダイトさん」

「――！」

問われたニィナは、微《かす》かな驚きと共にこちらを見てきて。

最初の遭遇戦ぶりだが、ほぼ初対面と言って良い状況で二人の少女は相対する。

「……」

そうして、改めてリリアーナはニィナを見据える。

（……綺麗《きれい》な、方ですわね）

艶《つや》やかな銀髪は動きやすくまとめられていても隠しきれない色香を放っており、整った美貌に珍しい金の瞳も相まって――魔性、とでも言うのだろうか。否応《いやおう》なしに人の目を引きつける容姿をしている。

加えて……現在その容貌には疲労が色濃く滲んでおり、動作も気だるげだ。けれどそれがむしろ普段は目立たない容姿を際立たせ、退廃的な色気と呼べる雰囲気を放っている。

「……やぁ、可愛《かわい》い王女様」

そんなニィナは、一瞬の驚きからすぐに復帰して。

声を、かけてきた。立場上は敵でありながら、どこか気さくに。

「なるほど、確かにあなたなら来ることが読めなくても仕方ないかな」

「ええ。……あなたのことも聞いていますわ。師匠――エルメス様たちのご学友だと」

前提の確認に、ニィナは再度目を見開くと。

「師匠……うん、ボクもあなたのことは『知ってる』よ。エル君の弟子なんだってね」

そこで。

「……羨ましい、なぁ」

「ッ！」

雰囲気を、変えてきた。友好的な雰囲気は変わらないまま……けれど、どこか不穏さも感じるものに。そのまま、言葉を続けてくる。

「……お話、したいんだよね。いいよ、それは歓迎。――でも、ごめんね。ボクとしても、あなたに会っちゃったらやらなきゃいけないことがあるんだ」

同時に、構えを取る。腰を下げて、懐から道具を取り出す。

「大司教は馬鹿じゃない――どころかすごく頭が回る。当然、読めないあなたのイレギュラーは相応に想定してた。だからさ、予《あらかじ》め命令してたんだ」

それを、汎用魔法で慣れ親しんだ剣の形に変えて。

「万が一、ボクがあなたと遭遇したら。何を置いても――『絶対に捕まえろ』、ってね」

「！」

「いいよ、お話しよっか。……鬼ごっこでも、やりながらさ」

彼女の態度に、手心はない。

……否、手心を加えないようにされている。一つ一つの行動に制約はないようだが、全体的な方針は否応なしに自分を捕らえるように強制されている……そんな雰囲気だ。

そして。

当然、リリアーナ――エルメスはそこも読んでいた。

（……予想通り、ですわね）

だからこそ、託したのだ。リリアーナに『これ』を。

リリアーナもニィナ同様、懐から取り出す――黒い、水晶の形をした魔道具を。

「！……なるほど。まぁ、流石《さすが》に大人しくは行かないよね」

ニィナはその魔道具に見覚えがあるらしく、納得した顔を見せる。

そう、ニィナと接触する際に――逆にニィナがこちらを捕らえにかかってくることは十分予想できたことだ。聞く感じだとリリアーナは特別だったようだが……恐らく他の人間が向かっても激突は避けられなかっただろう。

そしてそれこそが、リリアーナを派遣した最大の理由。

彼女と接触できる人間の中で――彼女は唯一、ニィナの魔法が効かない。

ニィナが知らない、ニィナと親しくない故に。唯一ニィナとまともに渡り合える、勝負の場に立てるのが彼女なのだ。

だが、リリアーナとニィナでは当然実力に決定的な開きがある。その差を埋めるために渡されたのが、この魔道具。エルメスより託された、最後の一手に必要なニィナ対策だ。

故に、それを持ってリリアーナも構える。ニィナの襲撃を躱《かわ》しつつ――同時に彼女の、エルメスの目的を達成するために。

「……ごめんね」

激突の気配を察してか、ニィナが改めて告げてきた。

「来てくれたことはさ、すっごく嬉《うれ》しい。でも……ボクにはどうしようもないんだ」

ひどく追い詰められた、どこか余裕のない表情で。

「それに……今のボクは、ちょっとあなたに嫉妬しちゃうかも」

「別に構いませんわ」

その、ニィナの境遇と状況を察した上で。揺るがずに、リリアーナは返す。

「理解していますもの。わたくしが、今すごく恵まれていることも──そしてあなたが、きっとこれまでとてもひどい境遇にいたことも」

「！」

「だから、遠慮せずかかってきてくださいまし。これでも鬼ごっこには自信がありますし……将来の臣下に、器を見せるのもわたくしの務めですわ」

そう、以前も見せた紛れもない将来の王としての言葉を見せる彼女に、ニィナは。

「……ボク今結構理不尽なこと言ったと思うんだけど……許されちゃうんだ。参ったなぁ王女様、これ以上そんな格好良いこと言わないでよ。だって──」

奇《く》しくも、かつて学園でエルメスと対峙《たいじ》した時と同じ言葉。

けれど彼女を理解すると、戦う際にはこの上なく恐ろしいと分かる開戦の言葉を呟《つぶや》く。

「――好き、に、な、っ、ちゃ、う、よ、？」

そうして。ニィナは、大司教に強制された命令を果たすため。リリアーナは、それを躲して情報を集め、ニィナを自分たちの側に引き入れるため。

少女二人の人知れない激突が、始まったのだった。

◆

「この魔道具は、以前学園で騒動があった際に回収したものです」

ニィナ捜索に向かう前、リリアーナがエルメスから託された魔道具。

黒い水晶の形をしたそれを指差して、エルメスは説明する。

「効果は誰かが扱う魔法を込め、それを限定的に他者にも扱えるようにすること。言うなれば、誰かの魔法をストックできるものですね」

これを所持し、かつて学園騒動の主犯だったクライドに渡したラプラスは、この魔道具に関しては完全に見捨てている様子だった。

逆に言えば、これほど有用な効果を持つ魔道具であっても文字通りの捨て石にできるほど向こうの力が強力ということなのだが――それに関しては、今語るべきことではない。

「よって今、リリィ様に渡したそれには僕が扱える血統魔法をいくつか込めてあります。ニィナ様を足止めするものから攻撃を防ぐもの、動きを止められるだろうものまで。きっと全て必要になるでしょう」

「……それ、って」

「ええ。恐らく——いえ、ほぼ確実に。ニィナ様と遭遇した場合、あの方と戦っていただくことになるでしょう」

エルメスは改めて歯噛《はが》みする。自分が行けない歯痒《はがゆ》さと……加えて、それ以外の何かしらの葛藤も込めた表情で。

「リリィ様」

その、上で。彼は信頼をもってリリアーナを見据えて、告げる。

「その際はこの魔道具を上手《うま》く使って、目的を果たしてください。——言っていることは、分かりますね？」

奇妙に強調された、その言葉。リリアーナは少しばかり戸惑いながらも魔道具を見据えて、その中に込められた彼が扱う魔法の数々を確認し——

「…………あ」

理解した。彼に託された魔法を、加えて過去に説明されたことのあるそれらの魔法の性質を正確に把握して……把握したからこそ、理解したのだ。

彼の目的も、今回の目標も——そして、大司教に読まれる可能性がある以上迂闊なことは口にもできない、ということも。

いくら今日この瞬間がイレギュラーとは言え、彼が一番予知の影響を受けやすいという根本の問題は解決していない以上、慎重にならざるを得ない。

だからこその、この言い回し。そんなエルメスの迂遠《うえん》な……けれど彼女なら理解できるという確かな信頼の証《あかし》を、リリアーナは喜びと共に受け取って。

「……お任せくださいまし」

再度、真《ま》っ直《す》ぐに告げる。

「師匠のお望みを、果たしてきます。

あのお綺麗なご学友と――『お話』を、してきますわ」

◆

かくしてニィナに遭遇し、予想通り始まった鬼ごっこ。その開幕は――

「――うそ、でしょう……っ、『精霊の帳《テウル・ギア》』！」

「お、それはサラちゃんの……いや、感じるところエル君の方かな？」

ただただ、リリアーナの驚愕《きょうがく》と共にあった。

黒水晶の魔道具に込められたエルメスの魔法を躊躇《ためら》いなく使う――否、使わなければならなかった。そうしなければあっと言う間に詰むと最初の数秒で理解してしまった。

「やっぱり使えるんだ、エル君と同じ力。……改めて、嫉妬しちゃうなぁ」

「っ！」

言葉を紡ぎながらも、ニィナはリリアーナを追いかけ追い詰める。——桁外れの速度、膂力《りょりょく》、そして容赦のない立ち回りによって。

魔法を使わない身体能力勝負には自信があったリリアーナの自負すら木《こ》っ端微塵《ぱみじん》に打ち砕く尋常ではない能力。それを見て確信する。この少女は——この分野においては、エルメスすら凌《しの》いでいると。

（師匠から聞いてはいましたが、これほどとは思いませんでしたわ……でも！）

リリアーナは、それでも奮起する。

自信——否、敵《かな》わない人間はいないなどという傲慢はあの日とうに捨てている。

加えて、万が一自分がここで捕まってしまえば完全に詰むという事実。それがむしろ彼女を冷静に、真剣にさせ。立ち回りの改善案が脳内で回転する。

同時に……エルメスから託されたニィナ対策を改めて想起した。

『ニィナ様は、「自分に害をなす魔法」に関しては恐ろしく勘が働きます』

学園で何度も立ち会ったから分かる、彼の言葉を。

『なので、恐らくいくら不意を突いても彼女に攻撃魔法を当てるのは至難の業でしょう』

故に——攻撃は捨てる。

黒水晶の魔道具に込められた彼の魔法は、防御の『精霊の帳《テウル・ギア》』、軌道補助の『天魔の四風《アイオロス》』、身体能力差を補う『無貌の御使《ルナド・サラカ》』。他攻撃系ではない魔法いくつか。

ニィナは害をなす魔法に対して敏感——裏を返せば、そうではない魔法への対処、察知は比較的鈍い。よって託された、この防御、逃走、捕縛に特化した魔法の数々。これを用いればどうにか、彼女の手から逃れる見込みがある。加えて……

「……お話するんじゃなかったの？　それともその余裕すらないのかな」

そう。ニィナはリリアーナを捕縛するべく容赦なく追い立ててくる――恐らくは何かしらの制約《ギアス》でそうすることを強制されてこそいるが。

そんな中でも、口は止まらない。――彼女自身も、対話には肯定的なのだ。

「それは困るなぁ……むしろボクの方から聞きたいこともあるんだけど。王女様――あなた、どうしてここに来られたの？　多分今ハーヴィスト領、兵士たちとの不仲で崩壊寸前、それどころじゃないと思うんだけど……」

だから、リリアーナは。より効率的に魔法を回し、どうにかニィナの一連の攻勢から逃れて一息つくと。

「……聞いて、くださいましっ、ニィナ！」

まずは、一番重要な情報を、叩《たた》きつける。

「――ハーヴィスト領の兵士たちとの和解は、成功しました！」

ニィナが瞠目《どうもく》した。

「え――」

「既に兵士の方々とは、北部連合を打倒する方向で合意が済んでいます！　今はその準備中――その、つまり、大司教ヨハンの思惑は既に外れているんです！」

これは言っても構わない、と事前に言われていた。

何故《なぜ》なら、いずれにせよ明日になれば再度の未来予知でバレる。だとすればニィナとの対話のとっかかりに使ってしまった方が良いとの判断。

そんな狙いと共に、リリアーナは話のきっかけを作ることに成功し。

「分かりますでしょう、大司教の力だって絶対ではないんです！　だから——」

「……嘘《うそ》は、言ってないよね。……そっ、か。すごいなぁ」

そして。

「——ボクがなんとかしなくても……ボクなんかが、いなくても。あなたたちだけで、未来は、変えちゃえるんだね」

ひどく。悲しい笑みを浮かべたニィナと、目が合った。

「…………」

同時に、一息ついたニィナが再度制約《ギアス》に従ってリリアーナへの攻勢を再開する。

——否定しなければならない。

そんな、訳もない直感に突き動かされるままリリアーナは叫んだ。

「そ、それは違いますわっ！　和解のきっかけと、後は向こうのスパイに気づく契機となったのはあなたが間者を、大司教の目を盗んで倒してくれたからで——」

「盗めてないよ」

今度はリリアーナが瞠目した。

「ボクが独断でスパイを倒すことまで、大司教は織り込み済みで。大司教はその結果、兵士たちがボクを通じてあなたたちに致命的な不信を抱くことまで確信してた」

事実、そうなりかけたことをニィナは告げてから。

「実際、ボクもそうなると思ったもん。だからすごいのはあなたたち。滅びの運命を覆して、未来を切り拓《ひら》いたあなたたちで──」

また……あの、悲しげな笑顔で言う。

「……ボクは、最初から最後まで大司教の掌《てのひら》の上。どれだけ頑張ってもボクだけが──結局、なんの役にも、立ててないんだよ」

「……どう、して」

そんなに、己を卑下するのか。

エルメスたちから聞いたところによると──ニィナはどこか飄々《ひょうひょう》としていたが穏やかで気持ちの良い性格らしい。その伝聞と今の印象があまりにも一致しない。

同一人物であることは間違いない。

ならばこの間に何があったのか……と疑問を抱く彼女の心中を読んでか。

「……そうだね。こんな小さな子に言うのはちょっと情けないけど、せっかくだし最後まで話しちゃおっかなぁ」

ニィナ・フォン・フロダイトは。

飄々と明るい性格の下にずっと隠していた、学園にいる間も抱いていた暗い思いを。

静かに――独特な言い回しで。吐き出すように告げるのだった。

「ボクはさ――『普通の女の子』なんだよ」


本格的に攻勢を強めると同時に。激しくなる動きとは裏腹に、ニィナは語りを再開する。

「例えばの話をするね？」

必死に自分から逃げ回るリリアーナに、言い聞かせるように。

「そうだね、仮に……『世界を救う戦い』ってものがあったとしよっか」

「……え？」

「言った通り譬《たと》え話だよ。まぁでも、それくらいスケールが大きくて、敵も強大で、みんなで立ち向かわなきゃいけないような、そんな劇的な争いを思い浮かべてよ」

唐突な譬えに疑問の声を上げるリリアーナに、ニィナは苦笑を浮かべてから。

「伝説や、おとぎ話で。そういう戦いが出てくるたびに、ボクは思うんだ――」

彼女の根幹を、口にする。

「ああ――ボクは、そういう戦いには絶対出られないタイプの人間だな、って」

「！」

「逆に……エル君なんかは間違いなくそういうので先頭に立つタイプの人だね。カティア様も同じ。サラちゃんだってそうだし……アルバート君も、なんだかんだでそこに立ってそうな気がするなぁ。そしてリリアーナ殿下……あなたはそもそも中心人物だよね。『世界』を『国』に置き換えたら、まさしく今がそれだ」

「あなたは……そうじゃないと？」

　攻撃を避けつつの必死の問いかけに、ニィナは頷《うなず》く。

「そうだよ。……ああ、選ばれてないからとか力が足りないからとか言うつもりはないよ。それはきっとエル君みたいな、そういう戦いに立てる人たちにすごく失礼だもん」

　そう補足した上で一度距離を取り……可憐《かれん》な仕草で、胸に手を当てて。

「ボクに足りてないのはね……多分、心なんだ」

「……心？」

「信念、って言っても良いかな。エル君の魔法に対するものだったり、カティア様にとっての貴族の在り方だったり。そういった、何よりも大事なもの。全てを懸けるに足る、誰もがその歩みを称賛する、誇り高くて素晴らしい何か──」

　再度の突撃と共に、続ける。

「──ボクにはそういうの、なーんにもないんだ」

「……っ」

「そんな、何もかもを捨ててまで貫きたい信念なんてない。多少執着するものがあっても、一つ都合が変われればすぐに手放しちゃうし、別の誰かの信念に譲っちゃう。だってそうやってふらふらして、流されるままに生きてきた結果がこれだもん。……きっと、この先もボクはそういうの、持てないんじゃないかなって思う」

でもね、と言葉を区切り。

「それが普通だよ。きっと、ほとんどの人はそうなんだよ。

――おかしいのは、あなたたちの方だよ」

「な――」

「……っと、流石《さすが》にこれは言い過ぎかな。とまぁこんな感じで、全体的に無責任な生き様のニィナさんなわけですが。何を言いたいかというと、さ」

そこで、攻守が一時的に逆転する。

リリアーナの『精霊の帳《テウル・ギア》』がニィナを取り囲んで押さえ込みにかかる。しかしニィナは結界が閉じ切る前に剣を差し入れこじ開けようとする。

そうして、一時の拮抗《きっこう》状態になって。両者の言葉と表情が届く距離で、ニィナは。

言葉の続きを、本心を、告げる。

「…………もう、やだよ」

「――あ」

「ボクは、家族と一緒にいたかっただけなのに。毎夜毎夜、ひどい悪夢を見せられて。家族は全員良いように使われて、ボクも同じようにこうやってやりたくもないことをやらされ続けて。もう……何もかも捨てちゃいたいって、思うよ。思いたくなんてないのに、思っちゃうんだよ」

溢《あふ》れる。追い詰められきった少女の奥底から、弱さが溢れる。

「……ひどいこと言うね。……なんであなたなの？」

「え」

「なんで──エル君が来てくれないの？」

八つ当たりと分かっていても、言葉は止めず。

「助けてくれるって言ったじゃん。辛《つら》くて、頑張って、でも来てくれないのはなんで
──」

「ッ、それは、師匠は」

「うん、分かってるよ。エル君のことだからもう大司教の『魔法』は知ってるもんね。そうなると万が一にも情報を漏らすことも、リスクしかないボクへの直接接触もできない。そもそもボク自身が今は『絶対』エル君に会えないようにできちゃう。でもさぁ──」

至極当然の理由を、理屈を並べ立てた後、その上で、彼女は。

「それでも──って思っちゃうことは、そんなにいけないかなぁ……っ」

絞り出すように、そう告げて。それと同時に、ばきりとリリアーナの結界が破れる。

捕獲は、失敗し。状況はまた、互角に戻る。

「…………」

お互い、次の一手を探して視線を交換し。数秒の、沈黙ののち。

「……やー、ごめんねぇ」

　またも、ニィナがそれを破る。

「思った以上に愚痴っちゃったし八つ当たりもしちゃった。……でも、これがボクだからさ。幻滅してくれてもいいし、この様子をエル君たちに伝えてくれてもいいよ」

　そう、静かに言ってから。

「そもそも、そっちの狙いはボクを捕まえるか説得することだよね？　悪いけどどっちも無理だよ、そもそもボクに制約がある以上どうしようもない。これは解けないし万が一解いても同じ制約を受けてる大司教にすぐ伝わっちゃうもん」

　最後に、もう一度ニィナは笑って。

「だからさ、あなたたちだけでもう良いんでしょ？　こんなボクのことは……」

「……いいえ」

　訣別《けつべつ》を告げようとした――ところで、リリアーナがそれを遮った。

「……ええと？」

「あ、その、あなたの状況はよく分かりましたわ。だからえっと……今の否定はすみません、その制約とやらを現状どうにかする手段があるわけではなく」

　リリアーナが否定したいのは、その前の言葉。

「幻滅は、しませんわ。……だってわたくしも、元々は家族を救うためだけに王様を目指し始めたんですもの」

「……え？」

「師匠たちも……多分あなたの言葉には驚くかも知れませんが、それで見限るような方ではないと思います。……あなたより付き合いが短いわたくしが何を、と思われるかもですが、そう思いましたわ」

それに。ニィナの言葉は……本心も含まれているようだが、それよりも。

一連の言葉は——リリアーナを遠ざける意図もあったと、分かっているから。

精神的な距離に依存する彼女の魔法から逃れるために、リリアーナが必要以上に近寄らないようにした……そんな意図も微《かす》かに含まれていたことが理解できたから。

「……幻滅は、しませんわ」

正直最初は、理由があって敵対しているけどその理由が分からない、少しだけ不気味な印象の人だった。でも、今の等身大の独白を聞いた後なら——そうは思わない。

だから、改めてリリアーナはそう言ってから微笑《ほほえ》んで。

「むしろ——あなたのことはわたくし、好きになれそうです」

そう、本心を告げた——その瞬間。

（…………あ。まずいですわ）

リリアーナは失策を悟った。

何故なら——既に意識がニィナの方に引き寄せられていたからだ。

「……参ったなぁ……あのさぁ王女様、ボク最初に忠告したよね？」

明らかに不自然なほどに、ニィナから目が離せず。既に体の大部分の自由も利かなくなっている。それが意味するところは、明白だ。

「なのに……なんでそんな誘惑しちゃうの？　ドジっ子系王女様なの？」

――『妖精の夢宮《イル・フェルリナ》』の発動条件を満たした。

（ま、まままままずいですわ！　え、これ割と本気で洒落《しゃれ》にならないのではなくて!?）

「効いちゃうって分かったら今のボクは使わざるを得ないって理解してたよね？　なのになんで……ああもう、これはほんとに……！」

そうして、最後の最後で致命的なミスによって。

今までの奮闘全て虚《むな》しくリリアーナがニィナの手に落ちようとした――その時。

「――大丈夫ですか、殿下！」

「あやつは……フロダイトの妹!?　くそ、こんなところまで入り込んでいたか！」

後方から声が十数人分。どうやら異変を嗅ぎつけたハーヴィスト領の兵士たちが駆けつけてきたらしい。

それを見て真っ先に――ニィナが、リリアーナよりも大きく安堵《あんど》の息を吐いた。

「……ああよかった。これで『任務失敗した』って体《てい》にできる」

どうやらこれによって彼女の中での行動基準が『リリアーナを捕らえる』から『任務達成は極めて難しいので撤退する』に切り替わったらしい。

やりたくないことをやらなくて済んだ安堵の声をもう一度あげると、ニィナは最後にリリアーナの方を改めて見て。

「……それじゃあね、可愛《かわい》い王女様。……お話しできて、嬉《うれ》しかったよ」

それだけを、本心から告げて。あっという間に森の奥へ消え去っていったのだった。

◆

(あ……危なかったですわ……！)

ニィナが消えたのを確認して、リリアーナも安堵の息を吐く。

最後の最後で大失敗をやらかすところだった。……いやあの言葉自体は紛れもない本心だったのだが、言うタイミングはもう少し選ぶべきだっただろう。反省しなくては。

そうして、駆けつけてきた兵士たちに無事を喜ばれながら、リリアーナは考える。

(……ニィナの、あの顔)

恐らく、彼女自身が抱えてきたものにこの北部反乱での出来事が重なってああなってしまったのだろう。

リリアーナの言葉を受けての去り際にも……その表情から影が消えることはなかった。きっと。彼女の中のそれを真の意味で取り去れるのは……彼女では、ないのだろう。

「……」

それに、状況も好転したとは言い難い。

ニィナとの接触には成功したが、強制的な捕縛もできず、制約《ギアス》がある以上こちらの陣営に明確に引き込むことも不可能だと分かってしまった。

――でも。それでも。息を吸い……自信に満ちた声で。託された黒水晶の魔道具を握りしめ、リリアーナはきっぱりと。

「――完璧に、目的は果たしましたわ。師匠」

彼に言われた……いや、言外《もら》に伝えられた任務は達成できたことの安堵を胸に。

同時に彼からご褒美として貰える労《ねぎら》いに胸を躍らせつつ、砦《とりで》へと戻っていくのだった。

◆

「…………………は？」

北部連合拠点、執務室。

そこに悠然と腰を据え、帰還してきたニィナの報告を聞いた大司教ヨハンは――珍しく突拍子もない声を上げた。

信じられない、あり得ない……現実とは思えないことを聞いたような、声で。

「……本当か、それは」

「本当だよ。嘘《うそ》つくわけ――つけるわけないって知ってるでしょ、あなたなら」

思わず確認の声を上げるが、一方のニィナは冷めたような声でそう返す。

「今言った通りだよ。第三王女派閥とハーヴィスト騎士団の和解は既に済んでる。遭遇した第三王女からそう聞いたし――実際、あそこで駆けつけてきた兵士たちの様子からしてもそうとしか思えない。そもそも」

淡々としながらも、珍しいヨハンの狼狽《ろうばい》を楽しむような口調で。

「あそこで兵士たちがやってくること自体、ボクの予知にもあなたの予知にもなかった出来事だよね。――未来、変わってるよ？　大司教さま」

「………ばか、な」

目を見開いてそう絞り出すも、ニィナの言葉は変わらない。

そもそも制約《ギアス》が未《いま》だ生きており、今ここで自分が「虚偽なく報告しろ」と命令した以上、ニィナの報告にはなんの嘘偽りもない、言えるわけがないのだ。ならば少なくともニィナの主観でそう見聞きしたことは間違いなく。

「ッ………分かった、下がれ」

それでも、ニィナがそのように見せられた虚偽の情報を信じ込んでいる可能性もあると推測を立てて。故にその真偽を確かめるべく、大司教ヨハンはニィナを下がらせて一人になり、即座に仮眠を取る。

使うのは、古代魔道具《アーティファクト》：スカルドロギアの能力。夢という形で与えられる未来予知の能力。

仮眠を取って多少の未来を把握すれば、現状ハーヴィスト領がどうなっているか――ニィナの見聞きした情報が真実かどうか把握できるから。

かくして、大司教は予知夢を見て。

今の敵の様子を……ニィナの言葉通り兵士たちとリリアーナたちが和解を済ませ、現在北部連合を打倒する準備を進めている――というところまで把握し。

そして。


吐いた。

「うぉおえぇッ――」

目が覚めてすぐに口元を押さえてえずき、洗面台に向けて嘔吐《おうと》する。

吐き出すものが何もなくなってもそれは止まらず、唾を吐き出し、胸を掻《か》きむしってもなおそれが止《や》むことはなく。

大司教がこうなった理由は、自分の想定外の未来を見てしまったから――ではなく。

見てしまったことが原因であることは間違いないが、その対象は未来そのものではない。

「やめろ………」

目に止まったのは、未来の光景で見た――兵士たちの表情。

今までの、欺瞞《ぎまん》と猜疑《さいぎ》に満ちた顔ではない。恐れはありつつも……それ以上に、これで自分たちの力でこの地を守れると。自らの足で、一歩を踏み出せると。

そんな、明日への喜びと、未来への希望と、栄光への情熱に満ちた——

——吐き気を催すほどに気持ち悪い、表情。

「やめろ、なんだその輝かしい顔は、浮ついた顔は！　そんな、そんな気色悪いものをこれ以上見せるな……！」

あたかも、今までニィナが予知夢による悪夢を見て精神をすり減らしていたように。

大司教も今の予知夢によって見てしまった、彼が最も嫌悪する感情に満ちた表情の残滓《ざんし》に精神を削られる。そのまま、譫言《うわごと》のようにヨハンは言葉を紡ぐ。

「やめろ、ふざけるな……いらないんだよそんなものは。

そんなあやふやで曖昧で、容易《たやす》く変わる不確定なものに惑わされるな。お前たちのあるべき姿はそうではない、そんな感情を信じるな……！」

そう、なぜなら、と。最後にヨハンは。

自身の信念を、自身の信仰を。吐き出すように告げるのだった。

「……信じるものは、神だけでいいんだよ……ッ！」

◆

——ヨハン・フォン・カンタ—ベルには目的がある。

人生を懸けて歩むべき大道、大いなる目的が。

それは――『全ての人が平和に暮らせる世界を作ること』だ。

代々教会の重鎮を輩出してきた家に生まれ、そうあるべきと教え込まれ。

ヨハン自身も、それを人生の目的と据えることになんの躊躇《ためら》いもなかった。

そのまま、教会での下積みを開始して。多くの人との交流を経て。多くの民の悩みを耳にして。多くの貴族のあり方を目にして。

そして、気付いたのだ。『平和な世界を作る』、その目的において。

――善意は、むしろ邪魔になるのだと。

なぜなら。

『――我々は、真実の愛を見つけたのです！　それを邪魔するのならば、神だって敵に回しましょう！』

世界を滅茶苦茶《めちゃくちゃ》にするのは、いつだって愛や希望に満ちた連中で。

『――俺のやり方が最も正しいのだ。神が許さないだと？　ならば神の方が間違っているに違いない』

最も自分勝手に振る舞うのは、いつだって正義なんて題目を暴走させた連中だった。

例えば、そう……ほら、今挙げたようなかつての第二王子が良い例だろう。

加えて、そのような連中に限って拠《よ》り所《どころ》にしている感情を簡単に翻す。例の駆け落ちした連中は結局痴情の縺《もつ》れで両方死んだことも知っているし、あの第二王子だって次第に利己と正義が一体化していった。いずれ自滅すると思って放っておき、実際そうなった。

――一方で、『悪意』は信用できる。

悪意は、簡単に人の感情を一極化する。誰かに悪意を向けることが正当化されたときに、人は最も素晴らしい団結を見せる。

だから一度、それを試した。明らかな欠陥を持つものに、誰もが責めても罪悪感を抱かないだろう存在に。神の名の下に悪意を向けることを許した。

効果は覿面《てきめん》だった。誰もが神に感謝した。神に恭順を誓うものたち同士の争いは一切が収束し、皆が団結し、神敵必滅という一つの目的に向かって進む、『平和』が実現した。

それを見て、思ったのだ。……ああ、こうすればいいのか、と。

それからは、同じことを繰り返した。手頃なもの、都合の良いものを神敵として配置した。それを打倒するために向かう喜びも希望も……全て神の名の下にコントロールした。

だって、それが一番都合が良く、そして必要だったたからだ。そうでない人間……神を信じない人間の善意なんて、すぐに切り替わるしひっくり返る。

人間の本質は、悪で。

誰もが誰もを疑い妬み唾を吐くのが、本来の姿で。

善意なんてものはまやかしで、疑い争い引きずり下ろし合うことが、人間の本質で。

――だからこそ、『かみさま』が必要なのだと。

そう信じて民のため、都合の良い敵手をいつだって用意した。

そうして悪意の対象になる人間はそもそも『人』ではないということにした。

そのようにして、『全ての人の平和』を着々と実現していった。

……いつからかは分からない。

ただ、そんなことを繰り返して、大司教の地位を確立していくうちに。希望も善意も良心も……見るたびに吐き気がするほど嫌いになっていったという、ただそれだけの話だ。

故に、今回も。

「――否定してやる」

ようやく吐き気の治まってきた大司教ヨハンが、そう宣言する。

己の目的に向かって突き進む、揺るぎない信念を持って。

「いいだろう、認めよう。……第三王女リリアーナ。貴様はかつての『空の魔女』と同等……否、それ以上の強敵だと」

これまで、ヨハンの予知が真の意味で破られたことはなかった。

その要因は、『強い人間ほど読まれやすい』という予知の特性。それがある以上、優れた人間、運命に干渉する力が強い人間ほど彼の思い通りに動かせる。

かつてはそれを使って、国を破壊しかねない力を持った『空の魔女』に魔女のレッテルを貼り付けて打倒したし。

今回も……恐らく普段なら最大の脅威となるだろうエルメスも、彼にとっては最も与《くみ》し易《やす》いどころか、最も自分の思い通りに動くコマに過ぎないのだ。

同時に読めない人間――読めないほど弱い人間は、運命を、未来を変えるほどのアクションを起こすことができない。

　これまではその例外はなかったたし、今回のイレギュラーだったニィナも彼にとっては『弱い側』の人間だ。たとえ自分と同じ力を持っても自分の手から逃れることはできなかった。

　だから、この瞬間。大司教ヨハンの中でリリアーナが最警戒対象に躍り出る。

　予知が通じず、かつ運命を変えうる人間。ローズ同様最優先排除対象であり、実際途中までは完璧に上手《うま》く行っていたエルメスの排除を阻んだ存在。

　そして同時に……自分が最も嫌悪する善意を、希望を、民に与えうる存在として。

「否定してやるぞ……貴様とその配下一切合切は、私の世界にあってはならない……！」

　もう一度、呟《つぶや》き。大司教は獰猛《どうもう》に笑う。

　激しい戦意の表れとして……加えて、喜びの表れとして。

　何故《なぜ》なら、彼は知っている。

　彼が理解できない、彼の厭悪《えんお》する善意や希望に満ちた表情を。それしかないと信じ込んでいる連中の顔を。自らの手で悪意と絶望に塗りつぶした時は——えも言われぬ愉悦に心が満たされると、よく知っているから。

　その期待に心を躍らせつつ、されどそうするための計画は素早く冷静に組み立てる。

　第三王女とその周りの連中を、全て絶望に叩《たた》き落とすための計画。これまでの情報から把握した第三王女周りの人間《コマ》の関係と、これまで自分が撒《ま》いておいた大小無数の布石。

それらを組み合わせ、重ね合わせ、あの連中を残らず詰《チェックメイト》みにまで持っていく道筋を、最高の終局《バッドエンド》を奴《やつ》らに贈呈する手順を。これまでで最速の思考で、全力で考え続けて——

——大司教は、嗤《わら》った。

「……よし」

この上ない、思考の果てに。

これしかない、という最高の、これまでにない至高の道筋を見つけたからだ。

それが成就する瞬間が待ちきれず、されどそこにたどり着くまで緩んではならないと自らを戒めつつ。

こうして、ヨハンは。悪意を以《もっ》てして、神の声を代弁する大司教は。

初めて敵手と認めた王女の、そしてその周りの人間の全てを否定するべく——全力で、動き始めたのだった。

◆

「——二日後です」

ハーヴィスト領の砦《とりで》にて。

お決まりとなった会議室の中に、エルメスの凛《りん》とした声が響く。

彼の表情には、昨日まで色濃く滲《にじ》んでいた疲労は僅かな残滓もなく。いつもの叡智《えいち》と生気に満ちた光を翡翠《ひすい》の瞳に宿し、会議の参加者にそう呼びかけた。

「二日後。それが決戦の期日となります……と言うより、それ以外ないでしょう」

その期日は、当然ながらエルメスたちにとってはかなり早急なものだ。正直なところとしては、魔法の鍛錬や連携の把握にもう少し時間をかけたかった。

だが、それでも期日は二日後。そうしなければならない理由があるのだ。何故なら——

「それ以降は……来るのね？」

「はい、来てしまいます。——教会側の、援軍が」

カティアから告げられた言葉に、エルメスは頷《うなず》く。

「アルバート様の偵察により、ここから東。そう遠くないところで大軍が移動している気配がある、とのことでしたよね」

「ああ。遠目での確認だが、装備の意匠は教会のものだった」

「状況的にも……十中八九、ヨハン大司教が呼び寄せた援軍だろうね」

アルバート、ユルゲンがそう補足する。

エルメスも同感だ。現時点でもかなりぎりぎりの戦力差なのだ、それに合流されれば完全に勝ちの目は潰《つい》える。だからこそ、合流されるまでがリミット。諸々《もろもろ》の移動速度や向こうの取る戦術等を考えた結果——二日後が、ベストと判断した。

反対意見は出ない。むしろ期日が定まったことによって全員の気力が充溢《じゅういつ》し始める。

それを頼もしく思いつつ、エルメスは次の話に移る。

「それでは、期日が決まったところで――改めて、今回の敵。北部連合で打倒しなければならない相手について……四つに分けてまとめますね」

今回の主題はそれだ。

ここに来てから得て、分析した情報の整理。最大効率の連携や分担が必須となるだろう決戦において、全員にしっかりと情報を伝えることは避けては通れない。

今までは、できなかった。それを成せるだけの信頼が育めていなかったから。

でも、今は大丈夫。そんな意思を込めた視線を参加者の一人――騎士団長トアに向けると、確かな敬意を持っての一礼を返される。

それを確認した上で、エルメスは口を開いた。

「――まずは、北部六家からなる北部連合の騎士たち。いずれ劣らぬ精強さに加えて、ルキウス様の統率力と大司教の仕込みにより、連携や団結も完璧でしょう」

エルメスたちに不足していた、団体としての戦力。それを確実に体現している以上、これも軽んじてはいけない脅威だろう。

「そして、連合団長のルキウス様。……正直あの方に関しては、確実に抑えられるような対策は存在しません」

ルキウス自身の魔法や能力に関しては特段トリッキーなところは存在しない。例の『魔法を斬る』能力も、固有のものではあるが性能自体は単純なものだ。

そして……だからこそ、脅威。

ただシンプルに訳が分からないレベルで強い、のである。

――だが一方で。

繰り返すが、能力自体は予測できる範疇《はんちゅう》。抑え切ることは至難を極めるだろうが……戦局を予想だにしないところからひっくり返されるような、イレギュラーな危険性は低いと言えるだろう。これは、北部連合騎士団自体にも当てはまる。

故に。今回詳しく話すべきは前述の二つではなく――残り二人の脅威。

「続いて……ニィナ様」

カティア、サラ、アルバートの表情が変わる。今回のジョーカーとも言える少女であり、浅からぬ因縁を持つ彼女について――これまで同様冷静に、エルメスは話す。

「彼女に関しては、今回一番『分からない』存在でした。彼女の様子から恐らく何かしらの制約《ギアス》をかけられているのだろうと予測は立てていましたが……それがどの程度で、どのような内容なのか。僕自身が彼女に会えないことも相まって、最も読みにくかった」

そして、だからこそ。

「――だから、わたくしを派遣したんですのね」

リリアーナが口を開く。以前の出来事を踏まえた上で、エルメスも頷いて。

「一番知りたかったのは、どの程度の脅威になるかです。そのために、リリィ様を――『僕の魔法を扱うリリィ様』がどの程度渡り合えるかを確認しました」

そう告げたのち、黒水晶の魔道具を取り出す。

この魔道具の効果は、術者が込めた魔法を他の人間にも扱えるようにすること。

肝は――魔道具を使うのが他人であっても、術者本人が使用した魔法として放てることだ。

つまり今回の場合は、リリアーナが『エルメスが撃った血統魔法』の数々を扱える状態だった。当然彼が術者となっている以上、同じ魔法を扱う他者よりも二回りは性能が高い。

リリアーナにとってはこの上ない援護となったことだろう。

これこそが、エルメスがリリアーナを単騎で送り出せた理由。事実リリアーナは、恐らく単独では厳しかったであろうニィナとの遭遇を乗り越えて帰ってきた。まぁ……

「……代償として『リリィ様が魅了《チャーム》の対象になる』のは予想外でしたが……」

「そっ、それは……！……申し訳ございませんわ……」

つまり遭遇戦を行っていた短時間で、リリアーナがニィナに一定以上の好意を向けられる何かを見せたということだ。しかも、恐らくニィナ自身はそうならないよう気を付けていた上で尚《なお》。……一体何を話したのやら。

……だが、それに見合うだけの成果は得られた。リリアーナの報告から現在のニィナの状態、能力等を把握できた。これである程度の対策を立てられるし、それに――

「――こちらが、ニィナ様を見限るつもりはないことも。きちんと伝えられたでしょう」

「あ……」

サラが声を上げ。カティアとアルバートも神妙な顔を見せる。

……リリアーナの派遣によって、ニィナの状況は概《おおむ》ね把握した。彼女が今まで、とてもひどい状況にいたであろうことも。そんな彼女を、助ける意思があることも。迎え入れる準備ができていることも、伝えることはできたと思う。

だから後は、それを阻む要因の排除だけ。彼女に制約《ギアス》を与えた張本人であり、この北部反乱における最大の敵――

「――最後に、大司教ヨハン」

四つ目の脅威について、エルメスが解説し。

「恐らく大司教自身に戦闘能力は然程《さほど》ありません。ですが例の『神罰』に使ったものを含めた多種多様な魔道具に加えて――最も警戒しなければならないものが、一つ」

今回最も言いたかったことを、述べる。

「……大司教の持つ、洗脳の血統魔法です」

「……以前も聞いたけど。本当なの？」

それを聞いて、カティアが改めて確認する。

大司教を解析する上での、最大のブラックボックス。以前も説明したことのあるその魔法の内容について、改めてエルメスは口を開く。

「そもそも、思考改変系統の魔法は基本そこまで便利なものではありません。本人の認識や意識を著しく変えることは不可能なはずなんです」

これは、魔法における一つの法則のようなものだ。故に、魔法の出力を上げるとかそういうものでどうにかできる類ではない。

――だが。

「大司教の魔法は、それすら貫通している。恐らく相当数の人間を、意のままに動く手駒に変えている。……きっとその中には、何がなんでも大司教に従いたくない人もいたはずなのに」

唯一の例外としてはルキウスくらいか。彼は向こうの術中にあっても尚根本的な己は見失っていないように見えた。

……しかし、それは本当に例外、それこそ理由は『ルキウスだから』だろう。逆に『彼が大丈夫だから他も大丈夫』なんて口が裂けても言えないのは明らかだ。むしろ……

「もし完全にかかってしまったら、僕でも反抗は不可能。それくらいに思っておいた方が良いでしょう」

「……そこまで、なの」

「対策とかは、ないんですか……？」

カティアとサラの驚きの言葉。エルメスはそれにゆるく首を振って、

「そもそも向こうのからくりが分からない以上、明確には。だから基本大司教を相手にするときには……洗脳《それ》にだけは絶対にかからないように立ち回るべき、としか」

……まぁ、とは言え。

いくら向こうが規格外でも、例えば出会った人間を見ただけで意のままにするとかそんなことはあり得ない。原理云々《うんぬん》以前にもしそうなら初手でこっちは詰んでいる。

そういう視点からも考えると――条件は不明だが、そこまで容易でもないくらいのことは推測がつく。

このように。情報的なアドバンテージでは大きく後れを取っているが……分からないなら分からないで、やりようはいくらでもある。

それら現時点での情報や対策を総合した上で――エルメスは、断言する。

「――十分に、勝てます」

びり、と。一同に、見えない電流が走る。多くの困難を乗り越え、どんな状況でもその知恵と工夫、学習と進化の果てに打破してきた彼の言葉。それには確かな力がある。

「既に、大体の流れは組み立てました。なのでそれを説明します。……と言っても、半端な奇策は読まれるだけ。ここで決めることはシンプルです」

すなわち、今挙げた四つの脅威。それぞれにどう立ち向かうか。そのうち北部連合兵は同じく団体戦力であるハーヴィストの兵士たちをぶつけるのが妥当だろう。

故に重要なのは、残り三つ。

ルキウス、ニィナ、ヨハン。この三人の血統魔法使いに対して――

「――誰に、誰を当てるか。僕の考えたマッチアップに、ご意見をいただければと」

そこから告げられた、エルメスの提案。

それに対して……意外と言えば意外な組み合わせに、当初は一同驚いたが。

詳しく話を聞くうちに……確かに、それしかないという結論に至り。それからの議論は微調整に終始して。かくして……ハーヴィスト領側の準備は、完全に整ったのだった。

◆

——一方、北部連合側。大司教の予知が初めて崩れた夜、その後のこと。

(……大司教のああいう顔、初めて見られたかな)

大司教ヨハンへの報告を終え、ニィナが自室へと戻っていた。

彼女は今しがた——大司教に予知の崩壊を告げ。久しく感じていなかった確かな達成感と共に自室のベッドへと腰掛ける。

……だが、一方で。彼女の心が完全に晴れたかと言われると、そんなことはなく。

(……そっ、か。予知って、崩せちゃうんだ。……ボクが何にもしなくても……動かされていただけのボクの力なんかなくても、あの人たちだけで)

……喜ぶべきことであるのは間違いない。でも……それでも。心のどこかで、『自分がなんとかしたい』と思ってしまっていたことも……事実だった。

そうすれば。自分の力で、未来を変えればきっと。エルメスをはじめとした……ああいう人たちに、今度こそ胸を張って並べるんじゃないかと思っていた……のに。

ニィナは笑う、自嘲気味に。

（……あはは、そうだよね。ボクなんかが頑張っても、たかが知れてるよね……

いくら力を持っても、それで何を成せるかはその人次第。そんなの……よく分かってた、はずなんだけどなぁ……）

ニィナ・フォン・フロダイトがずっと抱いていたもの。

自分には確かな信念がない。これまで流されるままに生きて来て、何かに心を燃やすことができない。エルメスのような。そして兄ルキウスのような。何にも負けず弛《たゆ》まず侵されない、誇り高く強い心を持ち得ない。

そんな思い。抱え続けていたものが、現在の落ち込んだコンディションの影響もあってまた彼女の中で浮き出はじめて。

――そこで、くらりと軽い眩暈《めまい》が彼女を襲った。

（っと。……流石《さすが》に、そろそろきついかな）

既に身体《からだ》の疲労も心労も限界に差し掛かっていたところで、今回の連続任務。いくら人より体力のあるニィナでも厳しかったようだ。

（……寝よう）

そう判断して、ニィナはベッドに体を横たえ……気付く。

（……あ、そっか）

もう一つ、喜ばしいことがあったと。

そうだ、未来が変わったのなら、予知が崩れたのなら。

――もう、エルメスの死を悪夢として見なくて済むのだ。

それなら……今日は久々に、しっかりと眠ることができるかもしれない。

それに――万が一、また彼が死ぬ未来があったとしても。

今まで通り、未来の情報から原因を突き止めて。今までの反省を踏まえた上で、変えられないにしても……できる限りのことは、やろうと思う。

それが、今の自分なんかでもできる、数少ないことだと思うから。

そのような、少しばかり後ろ向きな決意と期待を胸に、ニィナは瞳を閉じ。予知夢が待つ緩やかな微睡の中に、身を任せて。

そして。


――何故か分からないがとにかくエルメスが死ぬ、という。

意味が分からない、原因不明で対策不可能な、どうしようもない未来の夢を見て。

砦《とりで》の一室で、大司教が口の端を歪《ゆが》め。

二日後。決戦が――始まるのだった。

第十章　北部反乱決戦

その日は、抜けるような快晴だった。

「……」

北部連合拠点砦——エルメスたちがここに来る直前に奪われた砦、ハーヴィスト領の兵士たちにとっては敗北の証《あかし》。

その前に……今日。かつての雪辱を果たすべく、兵士たちとエルメスたちは立っていた。

「……出てきてるわね」

カティアが呟《つぶや》く。彼女の言う通り、現在向かい合う砦の前には——こちらの数倍に届こうかという程の北部連合の全軍が。

やってきたハーヴィスト領の兵士たちを叩《たた》き潰すべく、砦を背にした陣容を整えていた。

「普通なら、援軍を頼みに砦に籠ってもおかしくはなさそうですけれど……」

「うん。——その方がありがたかったんだけど、流石にね」

サラの確認に、ユルゲンが補足した。そう。通常ならば相手が追い詰められている状況で、拠点が存在し、かつ援軍もすぐにやって来ることが分かりきっているとなれば——拠点に籠って援軍を待ち、確実に挟み撃ちにするのが常道だ。

だが、向こうはそれをしない。否、しようとはしたが断念したのだろう。恐らくは大司教の予知によって。

何故《なぜ》なら――こちらにはエルメスがいる。単純な話だ。エルメスなら、彼の魔法の破壊力であれば……砦程度容易に破壊できてしまうのだから。

つまり、下手に籠れば彼の魔法が撃ち込み放題になるだけ。そう大司教は予知をしたからこそ、砦の前に布陣するという判断を行った。

加えてあともう一つ、理由があるとすれば……

「……負けるはずはない、と思っているのだろうな」

布陣する北部連合の様子を見て、アルバートがそう告げた。

彼の認識は間違っていないだろう。事実万全の布陣で待ち構える北部連合の騎士たちは、圧倒的な優位に加えていざとなれば砦に逃げ込める安心感もあってか、優越感を隠そうともしない表情を一様に浮かべている。

いや……どうやら表情だけではないようだ。

「ようやく観念したようだな、ハーヴィストの残党たち！」

「神の声を聞けぬ愚か者ども、邪悪に魂を売り渡した人間たちめ！」

「今日こそ我々が鉄槌《てっつい》を下してくれよう！　大司教猊下《げいか》がお作りになる、神の国の礎となるが良い！」

そんな声が聞こえる。

北部連合の兵士たちが、騒いでいる。思考を止めた表情で、大司教のことを心の底から信じて一切の疑いを抱かない表情で。

それは、主要な人間が既に大司教の洗脳による支配下なせいでもあるだろうが。

加えて——この国の気質。血統魔法による身分主義と、血統魔法の扱いを定義した教会が長年にわたって育んできた、絶対的な上下関係の影響もあるだろう。

その気質が、作り上げた。上の人間が決めたことに逆らってはいけない、疑ってはいけない。その頂点である『神の名の下』ならば、あらゆる悪徳が許される暗黒郷を。

そして——それを壊すために、今。自分たちは、ここに立っている。

「おお、大司教猊下！」

そこで、北部連合騎士の一人が声を上げた。

声の通り、最後に砦の中から出てきた大司教ヨハンに、連合騎士全員が色めきたつ。

「猊下、いつでも用意はできております！　出陣の合図を！」

「ハーヴィストの連中は、貴方様《あなたさま》の言う通りのこのこと出てきました！」

「我々がすぐにでも殲滅《せんめつ》——いえ、むしろ猊下御自ら『神罰』をお与えになるというのは如何《いかが》でしょう!?」

『神罰』という言葉に、聞いていたハーヴィスト領兵士たちの体が強張《こわば》る。

……やはり、自分たちがここに来た時の光景。あの大司教ヨハンが放った空から降り注ぐ激甚な破壊の光線は、怯懦《きょうだ》を呼び起こしてしまうのだろう。

それを踏まえた上で——エルメスは、思う。

「……よし」

　丁度良い。――まずはそこから壊すか、と。

　故に、彼は大司教の威容と、北部連合兵たちの狂信とも呼べる士気の高さに若干の怯《おび》えを見せている兵士たちの前に立つと。腕を振り上げ、息を吸い。

「――『流星の玉座《フリズスキャルヴ》』」

　魔法銘を、宣言した。

　兵士たちが目を見開く。北部連合も、ハーヴィスト領も同様に。

　直後降り注ぐ、空からの光線。だがこれは攻撃ではない、そもそも戦端が開かれていない以上、北部連合兵士たち及び砦は今自分たちがいる場所からは射程外だ。

　故に、轟音《ごうおん》と共に着弾するのはその中間。両者の間に広がる平地の――丁度、このまま両軍がぶつかるだろう場所のうち七つ。一見すると、何の意味のない七箇所のように思えるが……当然、エルメスは無意味なことはしない。

　示威行為ではない。そもそも大司教の『神罰』の威力は血統魔法のくくりで考えても極致に近い。エルメスの『流星の玉座《フリズスキャルヴ》』と撃ち合った場合こちらが負けることは、今の光景を見れば誰もが納得できてしまうだろう。

　……だが。そうはならないと、エルメスは知っている。何故なら……

「――ご安心ください、兵士の皆さん」

　彼は告げる。拡声の汎用魔法を用いて、北部連合の兵士に――そして大司教にも、言い聞かせるように。

「大司教の『神罰』。それを恐れる必要はありません。何故なら――」

そこで言葉を区切り、声色を変えて、一息。

「――今撃った七箇所。『神罰』は、そこ以外には絶対に落ちてきません」

『――』

時が、止まった。

詳しい情報は聞かされていなかったハーヴィストの一般兵たち、そしてそれ以上に北部連合の兵士たちが。驚愕《きょうがく》に満ちた沈黙をあたりに響かせる。

その沈黙に、叩きつけるようにエルメスは。

大司教の威容を、虚飾を剝がす種明かしを口にした。

「あらかじめ決まった場所にしか撃てない。それが『神罰』の、絶大な威力と引き換えにした技術的な限界だ。――違いますか？　大司教ヨハン」

ここにきた当初、大司教に食らった『神罰』の術式について。

エルメスはこう分析していた。――上手《うま》く魔道具を組み合わせ時間をかけて準備すれば、あの威力の砲撃を撃つこと『だけ』ならできる。けれど自由自在に、好きな所に狙いをつけることはできないと。

その技術的な問題が、解決されていたわけではなかったのだ。恐らくは彼の言葉通り、特定のポイントに時間をかけて。魔法的な仕込みを行った上で、威力と引き換えに制御不能な砲撃の誘導術式を組んでそこに着弾させる――とかその辺りだろう。

それなら、エルメスの知る魔道具の知識を組み合わせれば納得できなくもない範囲だ。

ならば残る疑問は――何故それであの時、自分たちを狙い打つことができたのか。

これに関しても……今までの大司教の分析で、既に答えは出ているだろう。

――そう。『予知』していたのだ。

『あの日あの瞬間、あの場所にエルメスたちがいる』とピンポイントでの予知を行い、そのポイントに誘導術式を仕込んでおいたのだ。

それはある意味でとんでもない、詐欺じみた所業。

自分たちのいるところを砲撃で狙った、のではなく。

照準不能な砲撃を、予知した上で自分たちがいる場所に『置いておく』という荒業。

しかしそれを遭遇初手という相手の全貌も見えないタイミングで、いきなり放たれてしまえば……見かけ上の効果は絶大。『予知』という唯一の理外の力を何倍にも増幅させ、恐ろしさや得体の知れなさがより強調されて見えていたのだ。

これも大司教ヨハンの優れた点だろう。実際は大きな制約のある魔法や技術を、しかしその制約を悟らせず。最も恐ろしく見える効果的なタイミングで切るのが非常に上手い。

流石は宗教組織のナンバーツー、奇跡の魅せ方はお手のものというわけだ。

――だが。それでも、種は割れた。

からくりが分かれば、今のように誘導術式を探知して『神罰』が来る場所を特定することも可能。最初は気付かない程巧妙に隠蔽もされていたが、『どこかに在る』と分かっていればエルメスの魔法感知能力ならば気付けないはずがない。

特定の場所にしか来ず、その場所も分かっているとなれば。もはやその術式は脅威たりえない、エルメスが『恐れる必要はない』と断言した理由もこれである。

そして同時に――種が割れれば、お返しとばかりに。

公衆の面前で種を暴き、北部連合兵の動揺とこちらの士気向上に利用させてもらう。

……大司教ヨハンは、強い。

理外の力を持っていてもそれだけでここまではできない。自分の能力と権力、そして魔道具も含めたありとあらゆる手札を極めて効果的に切ってくる。エルメスとは別の意味で――『魔法の使い方』をこの上なく理解している。

しかし。だからと言って、必要以上に恐れては思うつぼ。冷静な分析でもって、等身大の影を暴き出し。神の代弁者の全貌を露《あら》わにし、その座から引きずり下ろす。

そんな意思を込めての、エルメスの宣言。

一方、それを受けて大司教ヨハンは――こちらも同様、拡声の汎用魔法を用いて。

「――くだらん」

そう、告げた。動揺はなく、その代わりに……今までになかった、嫌悪を乗せて。

「貴様の狙いは透けている。そうやって言葉巧みにこちらの出方を誘導し、『神罰』を使わせることだろう。その後どうするつもりかは知らんがな。……また、貴様のような者の挑発に使うほど『この魔法』は甘くない」

続けて述べられた一切淀《よど》みなく、綺麗《きれい》にこちらの質問をはぐらかす返答に、エルメスは確信する。……流石《さすが》に、これくらいは『読まれていた』かと。

「――そして、問おう神の僕《しもべ》たちよ。……貴様らは、あのような矮小《わいしょう》な一団ですら、神の力を借りねば倒せぬ程の無能か？」

眼下の兵士たちを睥睨《へいげい》しての、重々しい言葉。

北部連合兵が、反射的に背筋を伸ばす。特に先ほど大司教に『神罰を使ってくれ』と述べた兵士が、視線を向けられて更なる緊張に上擦った声で。

「い、いえッ！　ご、ご安心ください猊下！　あのような醜く神に逆らう郎党共は、我々北部連合の敵ではございません！　たちどころに、ことごとく討ち果たしてみせましょう！」

過剰な修飾を使った言葉。されどヨハンはそれに心を動かされた風もなく、

「分かっているならば良い」

端的に、そう告げて。もう一度、北部騎士団を一通り見渡す。

「――騎士たちよ、これは正しき戦いである。邪教の徒を悉《ことごと》く滅し、神の威光を遍《あまね》く地に知らしめるための戦いである。故に、諸君らが死力の限りを尽くし、真に勝利のための手

を尽くしたならば、負ける道理はどこにもありはしない。

――それが、神の思し召しだ」

完璧な抑揚、完璧な身振り。完璧な声色。

計算され尽くした演説は、戦いの雰囲気と大司教の血統魔法も相まって、この上ない鼓舞の言葉として兵士たちの身心に染み渡る。

その効果が十全に発揮されたことを確認すると――大司教は、口の端を歪《ゆが》め。

「往《ゆ》け。望むがまま、思うがままに暴れるが良い。――さぁ、ルキウス」

「はっ！」

騎士団長の名を呼び、陰から紺色の髪をした青年が現れる。

彼は一切承ったとばかりに、大司教の後を引き継ぐと、大きく息を吸い――

「――全軍、突撃!!」

瞬間、引き絞られた弓が解き放たれるかの如《ごと》く。

北部騎士団の、砦《とりで》にいる全軍が。雄叫《おたけ》びと共に、動き出した。


「……流石に、あれだけで動揺はしてくれませんよね」

間もなくこちらにやってくるだろう敵兵たちの様子を観察しつつ、エルメスは述べる。

大司教の虚像を破り、味方の士気を上げる目的は成功したものの。

一方でこうなること……大司教がエルメスの指摘にも動じず兵士たちの士気を取り戻す

こと。それ自体は、エルメスとしても想定していた。

何故《なぜ》なら、今回は。『神罰』の仕組みを見破り、着弾場所を特定するまでは全て――

『エルメスの行動』だからだ。

エルメスが直接的に関わった行動は、全て読まれる。その原則は未《いま》だ健在。唯一の例外だったあの夜を過ぎればもう終わり。全ての行動は読み切られ、封じられるのが当然で。

――だから。ここからは託すのだ。

「お願いします。リリィ様」

「はい」

エルメスの、声に合わせて。

年端もいかぬ、美しい赤髪の少女が。されど確かな決意を瞳に灯《とも》して、前に出る。

彼女がいる場所はこちら、ハーヴィスト兵たちの最前線。最後方に控えているヨハンとは真逆の、最も危険に晒《さら》される場所。端的に言って、最高責任者がいてはいけない場所だ。

……だが、これで良いと思う。

今のリリアーナには、何もかもが足りていない。実力も、器も、威厳も。今は周りが、そして師匠が途轍《とてつ》もなく優秀だからなんとかなっているだけで、彼女自身は未だ道半ばであることは誰よりも理解している。

……ならば。危険くらい、命くらい懸けなくてどうする。

「――よろしいですか、みなさま」

一度振り向き、声を掛ける。

そこにいるのは、彼女の配下。そしてハーヴィスト領の兵士たち。

今問いかけられているのはその後者。それを理解してか、代表して。

「……無論です、リリアーナ殿下」

騎士団長、トアが応えた。

「この国の未来を示して下さった貴女様《あなたさま》に。我々が欲していた、我々自身でこの地を守りたいという想《おも》いを汲《く》み取って下さった貴女様に。——我々ハーヴィスト領一同、剣を捧《ささ》げましょう。必ずや、貴女様の語る未来を、我々の手で実現させてみせます」

「！」

同時に向けられる、幾百もの忠誠の視線。今までの、自分の側近数人だけだった時とは違う。数えきれないほどの人の想いが、命が。自らに懸けられていることを感じる。

……それは、重い。途轍もなく重い。

でも、背負うと決めた。彼女の望みのために、背中に乗せて進むと決めたのだ。

故に、リリアーナは。最後にもう一度、自分を奮い立たせるために。

「……師匠。手を、握って下さいますか……？」

傍《そば》に立つ、頼もしい存在に声をかける。

問われたエルメスは一瞬きょとんとするものの、すぐに微笑《ほほえ》んで言う通りにしてくれて。

「大丈夫ですか？」

「……ええ。……本音を言うと、抱き締めても欲しいですけれど」

伝わってくる体温に、今は十分な勇気を貰《もら》ったから。

最後の怯《おび》えを振り切り、彼女は手を離して顔を上げ。

「――それは、勝った後のご褒美に取っておきますわ」

師匠譲りの、不敵な笑みを。師匠の師匠譲りの、美しい顔に浮かべて。

エルメスですら一瞬幻視するほどの誰かとそっくりな表情で、彼女は。

息を吸い、唄《うた》う。

「――【斯《か》くて世界は創造された　無謬《むびゅう》の真理を此処《ここ》に記す
　天上天下に区別無く　其《そ》は唯一の奇跡の為《ため》に】」

かくして現る、創成魔法。

翡翠《ひすい》の文字盤を顕現させた少女は、ここで、初めて。

この国の未来を形として示すために。自らが考え、師匠に創ってもらった想いの結晶を。

真の意味で、彼女の戦いの始まりとなる、再現者の文言を。

高らかに、言い放つのだった。

「――術式、再演！」

◆

その魔法に、詠唱はない。

かつて彼が創った魔法と同じだ、詠唱はその魔法を可能な限り素早く発動することに最適化された力ある文言であり、そこまで落とし込むには時間があまりに足りなかった。

だが──問題ない。詠唱はなくとも、時間さえあれば魔法の発動は可能。そして……リリアーナの魔法は、時間をかけても問題ないもので、時間をかけるに値するものだ。

「──」

かつて彼が創った魔法は、剣の形をしていた。それは彼が魔法を作るときに『力』を求めたためであり、その象徴として炎と大剣が形を得た結果ああなったのである。

──ならば、リリアーナの魔法の形は？

その答えを思い浮かべたのち、極限の集中の果てに。

彼女が願い、師が創った。彼女の魔法を顕現するべく、息を吸い。

魔法の銘を、宣言した。

「術式、再演──『原初特権《スターダスト》・遍在領域《インフェリアス》』！」

かくして告げられた……可憐《かれん》な少女が口にするにはあまりに重々しい魔法の宣誓。

その不気味な響きに、今まさにハーヴィストの兵士たちに襲い掛かろうとしていた北部連合の騎士たちは思わず足が止まりそうになるが……当然そんなことできるはずもなく、突撃を再開する。

魔法を用意し、迫り来る騎士たち。しかしリリアーナは焦ることなく、続けて。

「——遍在領域、展開」

文言を告げた瞬間——彼女の持つ『原初の碑文《エメラルド・タブレット》』の上に浮かび上がる複雑な魔法陣が……一挙に広がって。

それはそのまま、大地に定着する。それこそ、ハーヴィスト領の兵士たちがいる場所を丸々覆い尽くせるほどに、広く大きく。

「——継承儀式、起動」

更に続けての少女の宣誓で……周りの人間に変化が起こった。

全てのハーヴィスト領の兵士たちの手元に——翡翠の文字盤が現れたのだ。

やや輝きが乏しく単純化されているようだがしかし、それは紛れもない『原初の碑文《エメラルド・タブレット》』。

本来ならば、誰もが使えるはずの魔法。されどそれ単体では意味を持たず、使いこなすためには途方もない研鑽《けんさん》が必要になってしまう魔法。

しかしそれを、リリアーナは兵士たちの手元に与え。次の言葉を告げる。

「——下賜術式、選定」

続いて現れたのは、白い光。彼女の持つ『原初の碑文《エメラルド・タブレット》』から浮かび上がるように現れたそれを、彼女は天高く掲げ——

最後の言葉を、高らかに言い放った。

「術式継承《インストール》——『偽典《パラ》・魔弾の射手《ミストール・ティナ》』！」

瞬間、彼女の頭上の光が……弾《はじ》け。

彼女が展開した魔法陣の中にいる全員に、平等に降り注いだ。

それと同時にいよいよ、突撃してきた北部連合騎士たちが魔法の射程に入り始める。

騎士たちは眼前の奇妙な光景に若干の警戒を抱きつつも、戦力差は自分たちが圧倒的に勝っている、何が起きても踏み潰せば良いと増長し、魔法を叩《たた》き込もうとして――

その、瞬間。

リリアーナの周りにいた百人余りのハーヴィスト兵たちが、一斉に手を上げ。

全員が、『魔弾の射手』を撃ち放ってきた。


「――――!?」

あまりにも――荒唐無稽。

魔法を知るものなら誰もが目を疑う、それこそ幻術か何かと言われた方がまだ信じられるようなあり得ない光景が突如、目の前で展開されて。

しかし、迫り来る魔弾は。圧倒的な物量と肌を焦がす熱量は、どう考えても現実に存在しているものでしかあり得ない。

咄嗟《とっさ》に北部連合騎士たちは身を守るための汎用魔法を展開するが……今襲いかかってきているのは血統魔法のそれだ、当然防ぎ切れるはずもなく――着弾。

同時に凄《すさ》まじい轟音《ごうおん》が鳴り響き、突撃の先頭にいた騎士たちが文字通り『吹き飛んだ』。

轟音が鳴り止《や》み、もうもうと砂煙が立ち込める。そしてそれが止むと同時に……凛《りん》とした声が戦場に響く。

「――お覚悟を、なさった方がよろしいですわ」

足を止め、呆然《ぼうぜん》と見据える北部連合騎士団の目の前で。鮮やかな赤髪を靡《なび》かせた幼い少女が、されどその小さな体には見合わぬ威厳と、数多《あまた》の配下を伴って戦場を睥睨《へいげい》し。

「この方々は……もう、今まであなた方が蹴散らしてきた兵士たちとは違います。正しく『魔法使いの軍団』を、相手にする気概は――おあり？」

一転、この場の支配者として君臨した幼い王女は。

あまりにも傲慢に、けれどそうするだけの確かな魔法を見せつけ、問いかけるのだった。


エルメスがかつて創った魔法は、剣の形をしていた。それは彼が力を……自身の個としての力を、創ったときに求めたから。それが、彼の願いの象《かたち》だったから。

――ならば、リリアーナの魔法の形は？

彼女は人の上に立ち、人を導くもの。民が暮らし、臣下が心を預ける場所を護《まも》る王族として在るもの。則《すなわ》ち。

魔法の形は、彼女が護るべきもの――『領土』以外に有り得ない。

かくして生まれた、彼女の魔法。『原初特権：遍在領域《スターダスト・インフェリアス》』。

その効果は――一定範囲内の『原初の碑文《エメラルド・タブレット》』を持った人間全員に、特定の魔法を授けること。そういう領域を、作る魔法だ。

基になった発想は二つ。まずは、『原初の碑文《エメラルド・タブレット》』に元から備わっている『継承』の能力。『誰でも使える魔法』を体現するべく、この魔法には元々、術者が他の誰かに一時的に使えるようにする機能が備わっていた。

ならば、とリリアーナから魔法の構想を聞いたエルメスはこう思ったのだ。

――他の魔法でも同じことが、できないか？　と。

則ち、『原初の碑文《エメラルド・タブレット》』以外の魔法の『継承』だ。

二つ目は、かつての学園騒動でサラが見せた『星の花冠《アルス・パウリナ》』の魔銘解放《リベラシオン》。

あれは彼女がかつて通常能力で治癒を施した人間に『種』を与え。それを媒介に他人が、他人の意思によって捧げた魔力を回収するものだった。

ならば、逆に。何かを貰うのではなく何かを『与える』ことはできないかと。

『種』の機能を持つものは『原初の碑文《エメラルド・タブレット》』で補って。そうやってできた繋《つな》がりを以《もっ》て魔法を継承することはできないかと。

その、二つの発想を基軸に。リリアーナの想いを汲み取り、エルメスが開発を行い、この魔法は完成した。

領域を作り、その中で『原初の碑文《エメラルド・タブレット》』を媒介にした魔法的な接続を行い。接続を辿《たど》って魔法を継承させる魔法。

その効果は絶大だ。

まず何より、領域内の継承対象に選ばれた味方が、全員残らず。

今まさに行った通り――血統魔法を扱えるようになる。

加えて、その血統魔法を扱う際の消費魔力は継承した当人が負担する。

つまり一人の魔法使い、一人の魔力では到底不可能な夢物語――『血統魔法の大量発射による押し潰し』すらも可能になるということ。これも、今見せた通り。

結論、この魔法は。『選ばれしものによる魔法』を過去にする掟《おきて》破りの存在なのだ――


――と、大言壮語で締め括《くく》ってはみたものの。

実のところ、額面通りそこまでとんでもないものではない。当然ながら、いくつか相当に重い制約が存在する。

まず一つ目は……『継承』できる魔法について。

今しがたリリアーナが、『偽典：魔弾の射手《パラ・ミストール・ティナ》』と言っていたことから推測はつくと思うが――扱える魔法は、厳密には血統魔法そのものではない。

どころか、実はほとんど別物と言って良いレベルにまで改造……否、性能だけに絞って言うならば改悪されてすらいるのだ。

そうした――そうせざるを得なかった理由は、やはり血統魔法の特異性。本来血脈にのみ受け継がれる魔法を無条件に継承できるものにするという荒業。それを敢行する代償として、かなり簡略な汎用化《カスタマイズ》をせざるを得なかった。

恐らく本来の――エルメスが扱う『魔弾の射手《ミストール・ティナ》』と比べると、威力だけでも発揮できるのは一割とかその辺りだ。

更に言うなら、その汎用化《カスタマイズ》も簡単なことではない。エルメスですら、

『『魔弾の射手《ミストール・ティナ》』一種類が限界です。一番よく知っている魔法でこれなので、多分他の魔法を使えるようにするには相当の時間が……と言うより現状できるビジョンが浮かびません』

と言うほどの難易度を誇る。むしろこれに関しては一種類だけでもリリアーナのぶっちゃけ無理難題に近い要望を達成できたエルメスがおかしいとしか言えない。

そして、もう一つ。更に致命的な欠陥があり……それは現在、北部連合を睨《にら》みつけるリリアーナの――必死に耐えている冷や汗に表れていた。

(………きっっっついですわね……!!)

表向きは、威厳たっぷりに連合騎士たちを見据えつつ。内心では脂汗すら流しながら崩れ落ちそうになるのを必死に彼女は耐えていた。

……そう。単純故に致命的な、この魔法の欠陥。

――魔力消費があり得ないレベルで大きい。

(どんだけ持ってくんですのこの魔法！　まるで血を直接抜かれるみたいな……いえ抜かれたことありませんけど、多分絶対こんな感じですわ！)

王族としてかつ類まれなる才能を持って生まれ、常人を遥《はる》かに超える魔力容量を持つ彼

女ですら心中で弱音を吐くほどの消費。しかも領域を張っている間常時このペースで持っていかれるのだ。恐らくだが……保《も》って数分だろう。

そして、魔力消費の問題はリリアーナだけに留《とど》まらない。

……そう、彼女の背後に控える兵士たちもなのだ。今放った『偽典：魔弾の射手《パラ・ミストール・ティナ》』は曲がりなりにも血統魔法。加えて威力が大本の一割にも拘《かか》わらず魔力消費自体は大本と然程《さほど》変わらないというぼったくり具合だ。ただでさえ血統魔法使いと比べて大きく劣る兵士たちの容量では……あと十発も保たずに大半が魔力切れになる。

そういうわけで、実のところこうやって悠然と佇《たたず》んでいるほどの余裕もこちらにはなく。ぶっちゃけて言うとはったりもかなり利かせている。だが……

（――それでも！　これが、わたくしの進む道ですわ……！）

それだけは、揺らぐことなく。リリアーナは宣言する。

そうだ。今言った通り欠陥はあまりにも多い。加えて自分がやったことと言えば大本の発想を提供しただけで後の難しいところは全て師匠に任せっぱなし、今も師匠に言われた通りに魔法を使っているだけで、師匠のように理解しているとは口が裂けても言えない。

当たり前だ、リリアーナは魔法に足を踏み入れて僅かひと月足らず。そんな短期間で都合良くとんでもない魔法を使えるほどこの道は甘くない。

でも――それでも。消費が大きくても、曲がりなりでも――誰もが血統魔法を使えるようにする。今確かに実現したこの光景が、彼女の夢に向かう第一歩だ。

消費だって、これからもっと減らせるように頑張る。師匠に任せっぱなしのところも自分でどうにかできるよう研鑽を続ける。この魔法の肝である汎用化だって、いつかは自分でできるようになってみせる。

そして——と、更に彼女は想《おも》いを燃やす。

……以前彼女は、エルメスのことを『開拓者』と定義した。

彼は道なき道を切り開き、誰も見なかったような魔法の深奥へと足を進めていける存在だと。それこそが、彼の在り方だからと。

……なら、自分は。その、切り開いた道を整備しよう。彼だけでなく、みんなが通れる道にしよう。彼が切り開いて見つけてくれたものを、多くの人に分け与えられる形にしよう。この魔法は、血統魔法の汎用化は、その最たるものだ。

そうしていつか。今は領域を張って与えることしかできないけれど、いつかは誰もが自分の足で、魔法研鑽の道を進めるようになって。誰もが彼を追いかけられるようになって。それが、豊かな国を作って。みんなが彼の足跡の恩恵を、十全に受けられるようにした上で……その先頭で、叫びたい。

——わたくしの師匠は、すごいでしょう！　と。

（その、第一歩で！　躓《つまず》いてなんて、いられませんわ——！）

もう一度力強く、心中で宣言を行って。彼女は顔を上げる。削られる魔力を、吸われる力をものともせず。味方を鼓舞する背中として、敵に畏怖を与える美麗な姿として。

「さぁ、目に焼き付けるが良いですわ！　リリアーナ・ヨーゼフ・フォン・ユースティアが示す……この国の、未来の魔法使いの姿を！」

齢《よわい》十一の少女とは思えない力強い言葉に、ハーヴィスト領の兵士たちは活気付き、北部連合の騎士たちは既に大半が引け腰となっている。

その状況を油断なく見据えつつ……リリアーナは思う。

（──予定通り。わたくしの仕事は果たしましたわ）

これで、少なくとも北部連合の一般の兵士たちはここに釘付《くぎづ》けにできる。数倍に及ばんとする数の暴力を、僅かな手勢で抑え込むことに成功した。

……だから、後は。自分がこの数分、足止めをしている間に。きっとそれだけでは抑えられない規格外、一騎当千の力を持ち、未《いま》だ追いつけない血統魔法使いたちは。

（任せましたわよ。師匠たち──！）

同じ血統魔法使いを、素晴らしい自分の臣下たちを信じて任せよう。

向こうも一筋縄ではいかぬ相手。エルメスたちの天敵に、今までに見たことのない常識外れの大剣使い、そして同じく常識外の力を持ち、未だ底が知れぬ大司教。

……それでも、師匠たちなら、と。ここまでの旅路で、確かに育んだ信頼の目で。彼女は飛び出していくエルメスたちの背中を、静かに見据えるのだった。

◆

「……お見事」

リリアーナの魔法が、正しく発動し。兵士たちの足止めを十全に行ったのを見て、エルメスは静かに称賛する。

彼女の魔法──『原初特権：遍在領域《スターダスト・インフェリアス》』。

効果は見ての通り、領域内にいる味方全員に特定の魔法を付与すること。

形こそ違えど……それは彼女の願いである、『全ての人が、正しい意味で魔法を扱えるようになる』ことの限定的な具現化に他ならず。開発を手伝った彼からしても……文句なしに、綺麗《きれい》だと言える形に仕上がったと思う。

……とは言っても欠点は多い。同時に使える魔法は一つだけだし、今使える魔法も一つだけだし、魔法の切り替えにも時間がかかる。何より燃費の部分が最悪だ。

いくらエルメスでも僅か二日という開発期間、しかも他人と協力して願いを形にするという初めての試みではこれが限界だった。むしろ最低限使えるものにできただけでも上出来だろう。まぁ、その辺りは今後改善する上での課題にすれば良い。

……それに、何より。彼女の魔法のおかげで、こちらの最大の欠点の一つ。数による圧倒的な戦力差を覆し、少数で大軍を足止めすることには完璧に成功したのだから。

現在の戦場は、曲がりなりにも拮抗《きっこう》状態。リリアーナの魔法を警戒して向こうも迂闊《うかつ》には動けない状態だ。

無論、それも長くは続かない。あの魔法の燃費の悪さはエルメスが一番良く知っている、リリアーナの領域が保って数分であることも勿論《もちろん》。

だが、問題ない。元より、この戦いに時間をかけるつもりはないからだ。

何故《なぜ》なら、情報アドバンテージは未だ圧倒的に向こうにある。リリアーナの活躍によって空隙こそ作ったものの、それ以外の大半の状況を予知によって把握されているのは変わらない。

故に——望むのは短期決戦。対応する暇を与えず、対策する時間を許さず。相手の打てる手を絞って、一本勝負で本領を発揮させる前に打倒し切るのが理想。

よって、この僅かな拮抗状態の間に、全てを片付ける。

リリアーナのおかげで、その第一段階は作り出せた。

よってここからは、それでも止められない相手。つまり……

「……まぁ、来ますよね」

向こうの集団の中から飛び出してきた、剣を持つ青年と少女。ルキウスとニィナ——案の定均衡を崩しに来たフロダイトの兄妹《きょうだい》を見て、エルメスは呟《つぶや》く。

そう、ここからは。リリアーナのおかげで軍と軍が拮抗した以上、個と個の戦い——つまり、向こうの血統魔法使い。

ニィナ、ルキウス——そしてその遥か後ろ、最奥で笑う大司教ヨハン。彼らを打倒するのは、自分たちの役目だ。

決意と共に、エルメスは後ろに控える魔法使いたちに口を開く。

「――手筈《てはず》通りに。公爵様は戦局を見て全体の指示を」

「分かったよ。一分でも長く保たせるようにしよう」

「アルバート様はリリィ様のサポートに。確実に集中攻撃されますので」

「了解した。必ず守り切るとも」

まずは、戦況を維持するための二人に声をかける。双方から頼もしい返事、彼らならば必ず可能な限りの時間を稼いでくれるはずだ。

続けて、エルメスは残る二人――カティアとサラに、声をかける。

「――以前話した通りの割り振りで。行きましょう」

「ええ」「はいっ」

ニィナとルキウスを突破し、大司教ヨハンに刃《やいば》を届ける。

その役目は――この三人で行う。

二日前、立てた作戦通りに。エルメス、カティア、サラは同時に地を蹴るのだった。

◆

最初に領域の支配者――リリアーナを打倒すべく飛び出してきたのは、ルキウス。
彼はその超高練度の血統魔法による桁外れの身体能力で、一挙にリリアーナの懐まで飛び込もうとするが――

「……む」

立ちはだかる影。その正体を認め……少しだけ驚き気味に、声をかける。

「貴女《あなた》か。意外だな」

「不満かしら？」

問われた人間、カティアは、凜《りん》とした表情で返答する。

その所作は、この場にあっても尚《なお》美しく。ルキウスは構えを正す。戦場における敬意がどのようなものかを、彼は弁《わきま》えているからだ。

「まさか。噂《うわさ》に名高きトラーキアの令嬢と刃を交えられるのだ、この上ない光栄だとも。――だが」

しかし、その上で。ルキウスは続ける。己の力を正しく把握し、かつ自信を持つ者にしか出せない雰囲気と声色でもって。

「ここは戦場だ。普段なら淑女に手を上げるなど騎士として言語道断だが――この場に限っては、その理は捨てている。……覚悟はおありか？　カティア嬢」

その言葉が意味するところは明白だ。

ルキウスも、本心ではエルメスと戦う気だったし戦いたかったに違いない。事実、彼の実力を考慮すればそれが傲慢でないことは間違いなく。

故に、告げているのだ。彼にとって自分はまだ、敵手ではなく淑女として扱うだけの余裕がある相手で。端的に言えば、『貴女では力不足だ』と。

敬意はあるし、礼儀も払う。だが一方で——それも、紛れもない事実だと。

その意図を余さず読み取った上で……カティアは、笑う。

「……あは」

だって、否定しようがない。眼前の青年はエルメスですらも勝てるかどうか分からない相手、自分にとっては格上も格上の相手であることは厳然たる事実。

実際、エルメスから自分に命じられた役割は足止め。打倒することは端《はな》から期待されていない、そういうところでのエルメスは非常に現実的で容赦がないのだ。

気を悪くはしない。エルメス然《しか》りルキウス然り、不相応な期待や押しつけよりそうはっきり示してくれた方が彼女も受け止められる、他の貴族よりもしっかりしている分余程好意的だ。

自分はまだ、その領域に並べない。それは、未だ覆しようがなくて。

——それでも。彼女にも、意地がある。想いがある。

それに……ぶつけたいものだって、あるのだ。

「その心配は不要よ。私は全て理解も覚悟もした上で、ここにいる」

そう返答して、彼女は詠唱する。己の魔法、『救世の冥界《ソテイラ・トリウィア》』を起動し、冥府の住人を次々と呼び出していく。

同時に、想いを燃やす。それが彼女の魔法を最大限発揮する上で必要になるから。

彼への憧憬と、追いつきたいという想いと。

そして――もう一つ、とっておきの。

……実を言うとちょっとこの場に似つかわしくないかもしれない想いも、解放する。

「私ね。実はずーっと不満だったのよ」

そう呟くと同時。……呼び出される霊魂の数と、そして質が変化する。

ルキウスが警戒する前で、それは尚も数を増して。

「分かってるわよ、エルが今はそれどころじゃないってことも、ここが正念場だってことも。そんなエルを私のわがままで振り回すことはできないって、ちゃーんと理解してますとも、ええ」

そんな彼女の様子を見た者がルキウスではなく……かつて学園に通っていた人間ならば、ぴんと来たかもしれない。

「でも、ねぇ？　ちょっとエル最近――あの可愛《かわい》い王女様に、首ったけすぎないかしら？」

――あ、対抗戦の時のあれだ、と。

そう、実はものすごく言いたかった。

私にも構ってよ、と。もっと甘えたかったし甘やかしたかった。リリアーナのことがものすごく羨ましかった。膝枕の件で多少は解消もされたけど、本音を言うならまだまだ足りなかった。学園で別々のクラスになった時と同じように、収まることなくその感情が、彼女の中で膨れ上がっていたのだ。

……まぁ、でも。彼女だって反省はする。

その想《おも》いを発散しきれず変な方向に爆発させた結果が、対抗戦の時のあの様子であり。ぶっちゃけて言うと彼女の中では黒歴史だ。しかもあの時の想いを高めるほど魔法の性能も凄《すさ》まじく上昇するのだからタチが悪い。

故に、この想いは抑えるべきではない。そもそも抑えられるものではない、それが自分だとあの件を経て理解している。

かと言って、それを彼にぶつける訳にはいかず。……これも正直言うとそうなっても別に彼女は嫌ではないのだが、間違いなく多方面に迷惑がかかりすぎるから却下だ。

ならば、どうするか。

単純だ。彼にぶつけられないなら――別の方面にぶつければ良いのだ。

そう、例えば、その魔法を発揮しても文句のない。戦場での強敵とかに――

かくして。これまでで最高の、桁違いに多数の霊魂を従えた冥府の女王は。

「……先に謝っておくわね、ルキウスさん」

可憐《かれん》に、凄絶に――恐ろしいまでの存在感と美麗さを宿した微笑《ほほえ》みを見せて。

「私――今からあなたに八つ当たりするから。……そちらこそ、覚悟はよろしくて？」

そんな様子を見たルキウスは……冷や汗を流し。確かな畏敬と共に、されど笑みを返して。

「なるほど、非礼を詫《わ》びよう。……貴女は、紛れもなく強敵だ」

一分の隙もなく、剣を構え。同時に数多《あまた》の霊魂が彼に向けて殺到し。

一つ目の対峙《たいじ》。敵の最強格を抑える重要な戦いが、それに相応《ふさわ》しい激しさと共にスタートしたのだった。

◆

カティアとルキウスが対峙した同刻。

「……それで、ボクの相手はキミか」

もう一人の刺客——ニィナの前にも、一人の少女が立ちはだかっていた。

「ちょっと意外だけど、まぁ納得かな。少なくとも現状、ボクとまともに戦う場合その魔法を持ってないと話にならないし」

その少女——サラに向かって、ニィナはいつも通り親しげに問いかける。彼女の魔法はそうあることで効果を発揮すると分かっているから。

だが……当の魔法、『妖精の夢宮《イル・フェルリナ》』の影響をサラが受けている素振りは今のところない。

理由は——二人の間に展開された、光の檻《おり》。

そう。サラの血統魔法の一つ、『精霊の帳《テウル・ギア》』。

これは、ニィナの『妖精の夢宮《イル・フェルリナ》』による魅了効果を媒介する魔力を強引に遮断する。これで防いでいる限りは、少なくとも即座に影響下に入ることはない。

彼女の魔法の発動条件をこちらの血統魔法使い全員が満たしてしまっている以上、この『精霊の帳《テウル・ギア》』が現状ニィナに対抗する唯一の手段。

従って、ニィナと対峙できる相手はエルメスとサラの二人に限られる。

よって、その一方であるサラがニィナの相手に躍り出たのは自然だ、とニィナ自身も了承する。彼女の魔法を結界で防ぎ、隙を突いて彼女を光の檻そのものに閉じ込める。そうすれば魔法的な直接火力を持たないニィナに結界を破る術《すべ》はなく、無力化には成功する。

そのニィナ対策の戦術を取れるのも二人だけ。

──だが。その上で、彼女は。

「ごめんね、真面目に聞くんだけど。──キミで大丈夫？」

「……っ！」

尚、静かに問いかけ。彼女の脅威を知悉《ちしつ》しているサラが息を呑《の》む。

……そうだ。

確かに、閉じ込めることさえできれば彼女の無力化には成功する。

だが──それをさせないのが、ニィナという人間なのだから。

桁外れの感知能力でもって、魔力の流れや高まり等から魔法の発動場所、大まかな性質まで把握して。これこそ短期的な未来予知なのではないかと思う精度であらゆる魔法を回避してくる。

現状彼女が動いていないのは、サラが魔法で閉じ込めようとしていないからであり。それが始まれば、あらゆる能力を駆使して魔法を躱《かわ》し、サラを無力化しにかかってくるだろう。彼女自身にかかっている制約《ギアス》によって、その行動をニィナが止めることも不可能。

そんな彼女をまともに止めるためには……それこそエルメスほどに魔法の扱いに長《た》けていることが必要条件であり。その彼ですら手こずることが間違いない相手を、ましてや本来サポート型の魔法使いであるサラが対処できる道理はない。

……しかし、それでも。

「……ご心配、ありがとうございます。でも——承知の、上ですから」

サラも、返すように光の檻越しにニィナに声をかける。学園にいた時と変わらない、親愛を込めて。

同時に思い返す。この相手を提案した時に、提案者であるエルメスに言われた言葉を。


サラに、一人でニィナの相手をして欲しい。

そう真剣に頼まれたサラは——エルメスに真《ま》っ直《す》ぐな信頼を向けられている喜びが湧き上がると同時に、冷静な部分で困惑と否定を示した。

すなわち——今の自分の力では無理だ、と。そう申し訳なさげに告げるが——

「はい。恐らく本来なら単独で対抗することは難しいでしょう」

「……え？」

エルメスは、何故《なぜ》かそう同意して。むしろ戦力をしっかり把握していることを褒めてくれたのち……その上で、大丈夫と判断する理由を。端的にこう、告げてきたのだった。

「ニィナ様は現在――本気を出せていません」

「!?」

「正しくは……本気を出さないようにしている、でしょうかね」

そう補足されるも、一言では完全には把握できず。

視線で続きを求めると、彼は頷《うなず》いて続けてきた。

「恐らく、大司教に与えられた制約《ギアス》に反しない範囲で自分の能力をセーブしているのでしょう。過剰にこちらを傷つけないように、可能な限り、こちらの被害を増やさないために」

「どうして……そう分かったのですか？」

「これでも、学園でニィナ様とは何度も戦いましたから。その経験とあの方のこれまでの行動、そして極め付けはリリィ様との戦闘記録。いくら僕の魔法を使えたとしても――ニィナ様が、リリィ様を容易《たやす》く逃がしすぎだと思ったので」

彼にだけ分かる情報から、確信を持った表情で。

「更には……ニィナ様の側からも、大司教に何かしらの制約《ギアス》をかけていると思われます。内容としては、人質に取られているだろう家族の安全と……あとは、自身の行動命令にも」

「行動命令……？」

「はい。これもあの方の今までの行動から確信したのですが――大司教は、ニィナ様に『殺人の命令』を下すことはできていない」

「……！」

「どうやったかは知りませんが、恐らくニィナ様が上手《うま》く交渉か駆け引きに運んだのでしょう。そうして状況を、手札を、行動すら制限される中で、できる限りの抵抗をしている。――戦っているんです。ニィナ様も限られた状態で、それでも可能な限り」

「――」

驚きと共に、エルメスを見据えるサラ。

「以上のことから、『今のニィナ様』ならサラ様でも単独での対応が可能だと判断しました。

捕らえられるのが理想ですが……無理をなさる必要はありません。カティア様と同じく、決着まで時間を稼いでいただければと」

それを、静かにエルメスも見返すと。

信頼と、感謝と――あとは何故か、罪悪感を宿したような顔と共に。

頭を下げて、頼んできたのだった。

「危険な役目を押し付けて、申し訳ございません。

ですがどうか、貴女《あなた》の手で――ニィナ様を、助けて下さいませんか？」

そうして、現在。

ニィナと対峙しているサラは、胸に手を当てて……あの時の答えを、告げる。

「……もちろん、です」

エルメスはきっと知らないのだろう。自分が、そう言われた時——どれほど、嬉《うれ》しかったのかを。どれほど、今押さえている胸のうちが暖かなもので満たされたかを。

彼のように、誰かを変えられる人になりたかった。

そんな、憧れた彼が。常に自分一人で全てを解決し、実際そうするだけの力がある彼が……他ならぬ自分に、確かな信頼と共に何かを任せてくれる。

……彼をそうしたのが、自分一人の功績だなんて思い上がるつもりは当然ない。

でも——その一因となれたことくらいは、彼女も自覚できていたのだ。

——だから、今度は自分の番だと。決意を込めて、サラは眼前の少女を見据える。

「……ニィナ、さん」

金の瞳が特徴的な、どこか不思議な可憐さをもつ少女。普段は明るく飄々《ひょうひょう》として——でも今は、どこか疲れ切って退廃的な雰囲気も宿す少女を見る。

……ニィナの事情を知って、助けたいと心から思った。

無論、全てを把握できているわけではない。ひょっとするとのっぴきならない、自分たちにはどうしようもない事情があって、ニィナ自身サラたちには想像もつかない暗いものを抱えているのかもしれない。

でも……それも全部ひっくるめて、助けると決めたのだ。

なら——それを阻む理由は、この世のどこにも存在し得ない。

故に、サラは。学園の聖女と呼ばれた少女は、エルメスが肯定してくれた自分のままで、告げる。

「あなたを、助けます。……いえ、あなたには——助かって、もらいます」

どこまでも傲慢な、救済を。

言葉の形で、彼女は宣言し。対するニィナは……疲れたような感情の窺《うかが》い知れない表情でそれを迎え撃って、展開された結界を軽々と回避し——

二つ目の激突が、始まるのだった。

◆

「——よし」

ルキウスにはカティアを、ニィナにはサラを。事前に取り決めておいた通りのマッチアップで予定通り戦いが開始したのを確認して、エルメスは小さく呟《つぶや》く。

そう、ここまでは予定通り。

そしてフロダイトの兄妹《きょうだい》にそれぞれ彼女たちをぶつけた以上、当然残るは——

「——大司教の相手は、僕だ」

告げて、エルメスは敵陣の最奥――そこに佇《たたず》む向こうの総指揮官を見る。

……驚いているかは分からない。ひょっとするとこれも予知にはあったかも知れない。

だが――意外だったことは間違いないだろう。

何せ、大司教の力の根源である古代魔道具《アーティファクト》……スカルドロギアによる未来予知能力。

エルメスは、それによって最も予知されやすい対象――すなわち、大司教にとっては最も与《くみ》し易《やす》い相手であるだろうから。

……しかし。現在その予知には、リリアーナのおかげで綻びができている。恐らく今でもエルメスの行動は高いレベルでの先読みをされているだろうが、それでも一度崩れた以上完璧ではあり得ない。

加えて……エルメスが最も読まれるとは言え、だから他の人間に任せるというわけにもいかないのだ。

何せ、大司教は未《いま》だその能力の底が知れない。こちらの知り得ない手札をまだ隠し持っていることは間違いない。それがある以上、ただ読まれにくいからという理由だけで半端な相手を送り込むわけにもいかない。そういう意味でも、やはり適任はエルメスなのだ。

――そして。

何より、エルメスには秘策がある。……いや、正直今から言うことだけ聞くと秘策と呼べるようなものには思えないかも知れないが。

その内容は、大司教の未来予知を対策するものだ。

今までは『読まれない』存在であるリリアーナを最大限動かして不確定要素を増やすことでそれに対抗していた。

……だが、ここで前提に立ち返ろう。

自分たちの目的は――『大司教の未来予知を破ること』だろうか？

答えは、当然否。この戦いの根本的な目的は――『大司教を打倒すること』だ。

この二つは同一ではない。

極端な話……大司教さえ打倒できれば未来予知をどうこうする必要はないのだ。

そう、つまり。

――『分かっていても避けられない未来』を叩《たた》き込めば良いのである。

そのために、この状況を作り出した。

配下の北部連合にはリリアーナを中心とした魔法兵士たちで対抗し。フロダイトの兄妹にはそれぞれ最強の血統魔法使いの少女たちをぶつけて足止めを行い。

そうして……曲がりなりにも、大司教と一対一の状況を作り上げたのだ。

「――――」

かくして、エルメスは。

その凄《すさ》まじい魔法の能力、頭脳、そして機転と信念によって立ちはだかるあらゆる困難を打倒してきた少年は、その自負と実力でもって。

「……大司教ヨハン」

まず真っ先に使用する魔法の詠唱を、終えてから。

こう、宣言するのだった。

「今から真っ直ぐ、貴方《あなた》を倒しに行く。

この未来――止められるものなら止めてみろ」

好きなだけ予知していれば良い。対策もすれば良い。

自分の知らない魔道具や魔法だって、いくらでも使ってもらって構わない。

ただ――自分はその全てに対応し、打ち破って叩き潰すだけだ。

大司教が一対一で、エルメスを止める。そんなとんでもない未来を――たとえ予知していても実現できるのかと。

傲慢に、挑戦的に問いかけて、彼は地面を蹴り、そして。

北部反乱の。そして、この国の未来を決める契機となる戦い。

その運命を分ける、決着までの数分間が――始まったのだった。

◆

初手から飛ばす。大司教のアドバンテージを考えれば、それ以外に道はない。

故にエルメスは、一息に。最短で敵陣奥深くにいるヨハンまで辿《たど》り着くべく――

「術式再演――『無縫の大鷲《フレースヴェルグ》』」

空を飛ぶ魔法。切り札の一つを解放する。瞬時に浮き上がる彼の体。大司教への道を阻む一切合切を踏み倒すべく、この場で彼だけが辿り着ける領域まで自身を運ぶ――前に。

「ッ!!」

一瞬の閃光《せんこう》が、エルメスの目を灼《や》いた。

咄嗟《とっさ》に空中で体を捻《ひね》ると、直後に彼の体を掠《かす》める熱線。

狙撃、されたのだ。

(だろうね……!)

だがエルメスとしても、これくらいは想定内だ。

いくら現状予知が不完全な状態だとしても、エルメスが最も読まれやすいことに変わりはない。エルメスが取る手段くらいは、当然のように把握されているだろう。

加えて、これは『無縫の大鷲《フレースヴェルグ》』――と言うよりエルメスの弱点だが。

彼は、複数の血統魔法を同時に扱えない。

つまり現状空を飛んでいる間は、他の血統魔法を使えず。それどころかこの魔法ほど複雑な再現だと強化汎用魔法の使用すら制限される。

結論――今の大司教のように、何かしらの魔道具による空中狙撃手段を持っている相手には、むしろ良い的となってしまうのだ。

それが届かない高度まで上昇できればその限りではないが、それを相手が許してくれるはずもない。このままでは為《な》す術《すべ》なく撃ち落とされるのが関の山。

(仕方ない)

即座に思考を切り替える。

これは駄目で元々、ならば正面からの突破に切り替えるのみ。その意思と共に魔法を解除、兵士たちに隠れて大司教までの道を踏破するため、地に足をつけた——その瞬間。

彼の降り立った地面が光り輝き、そこから複数の紫の茨のような鞭《むち》が生えてきた。

それらは凄まじい速度で、エルメスを搦《から》め捕ろうとしてくる。

(設置罠《トラップ》——!)

例の『神罰』のからくりと同じだ。

予知によってエルメスの行動を時間単位で把握し、ピンポイントで効果を発揮する類の魔道具を的確に仕込んでくる。それによって今回も、魔法を解除しての着地の瞬間、最も無防備なタイミングで最大の罠《わな》を差し込んできたが——

——その手をもう一度食らってやるほど、エルメスも甘くはない。

彼とて、ただの魔法使いではない。凄まじい身のこなしで襲い来る茨を躱《かわ》す。その後も執拗《しつよう》に追ってくるそれをひたすらに回避し、稼いだ時間で魔法を詠唱。そして、

「術式再演——『火天審判《アフラ・マズダ》』」

一挙に、焼き払う。

最大火力の一つを惜しみなく使い、設置された罠の一切合切を吹き飛ばす……どころか、周りの敵兵たちもその余波で追い払い、次の手を打つ隙を強引に作り出す。

その空隙を逃さずエルメスは次の詠唱を開始し、少しだけ近づいた大司教に指を向け。

「魔弾の射手《ミストール・テイナ》――属性付与《エンチャント》：雷電《エレカ》」

狙撃返しだとばかりに、最速の魔弾を撃ち放つ。

初めての効果的な反撃は、狙い違《たが》わず大司教のもとへと瞬時に到達して……

「……は」

大司教が掲げたまた別の魔道具。そこから発生する、オレンジの壁によって阻まれた。

（……そっちも、そう甘くはないか）

恐らく、以前ローズがエルメスと戦う時に使ったものと同種の魔道具だろう。

だとすれば、遠距離攻撃は意味をなさない。警戒されている限り、『流星の玉座《フリズスキャルヴ》』でも防がれると思った方が良いだろう。

しかし結果に歯噛《はが》みしている暇はない。エルメスは威嚇射撃を繰り返しつつ、ならばそれごと叩き潰せる距離に近づく――最初の狙いに戻るだけだと。

汎用性の高い『魔弾の射手《ミストール・テイナ》』を起動したまま突撃を再開し……同時にエルメスは考える。

――やはり強敵だ、と。

当初最大の脅威だった『神罰』はからくりを解明したことで無効化したとはいえ……それでも尚《なお》、今見せたあまりに豊富な攻撃手段。

当然だ、奴《やつ》は教会のナンバーツー。王国各地から集められた有用な魔道具をいくつも所持していることは疑いようがなく、恐らくは古代魔道具《アーティファクト》すら複数含まれているだろう。

加えて……大司教は、その魔道具全てをきちんと使いこなしている。

類《たぐ》い稀《まれ》な判断力と、明晰《めいせき》な頭脳で。多すぎる手札に振り回されることもなく、的確なタイミングで的確な手を打ってくることは今の一瞬でも良く分かった。

更には、予知。今しがたの設置罠を見て確信した。大司教にとって——この状況は、まだ予知の範囲内なのだと。

確実に綻びは出ているのだろう。にも拘《かか》わらず、エルメスの行動は未だ恐ろしく高い精度で把握されているのだ。

（……いや違う）

それだけではない——とエルメスは突撃を続けつつ、視線を横にやる。

そこではリリアーナの指揮のもと、彼女の魔法によって血統魔法を扱えるようになり、規格外の総合力を誇る兵士たちの奮闘と——

——それにしっかりと対応し始めている、北部連合の騎士たち。

ショックから立ち直るのが、明らかに早すぎる。それが意味するところは一つ。

（……読んでいたんだ、大司教が。リリィ様の行動は予知できなくても、どういう類の戦術や魔法が飛び出してくるかくらいは）

リリアーナ自身の予知は不可能でも、それ以外の情報からあたかも影絵を浮かび上がらせるように。加えて、大司教自身の経験からくる推測によって。

予知を崩されても、焦ることなく。予知ばかりに頼りきりになることもなく。

そうして、大司教ヨハンは。徹底的に執拗に、ある種狂的なまでに――

――全てを、自分の思い通りに動かそうとする。

……盤上遊戯《ボードゲーム》を彷彿《ほうふつ》とさせる、とエルメスは思った。

頭脳と、能力と、魔法と――ありとあらゆるものを使って。

あの男は、自分たちに『駒であること』を強要するのだ。

そして実際に奴は、それが完璧に遂行できるだけのものを持っている。

アスターとは違う、血統ではなく能力と才覚でそれを成してきた、生まれついての支配者。奴の前ではエルメスも未だ掌《てのひら》の上、戦場の操り人形の一つに過ぎないのだろう。

（――上等）

だが、その上で。エルメスは心中で宣言する。

それもこれまでだと。崩すための布石は既に打った。実際に綻びも見え始めている。今読まれていても、この先はそうとも限らない。不確定要素が僅かでもあればそれで十分だ。

最初に宣言した通り……止められるものなら止めてみろと。

再度そう決意し、もう一度大司教を見据え。突撃を再開したのだった。

――そこから先の戦線は、熾烈《しれつ》を極めた。

多種多様、十重二十重。先読みし先回りし、一瞬でも気を抜けば即座にやられるような初見殺しのトラップの数々。殺意に満ちた攻撃が、容赦なくエルメスに襲い掛かった。

完璧に読まれた上での、完璧に待ち構えられた罠。実際それらは的確に魔道具を扱っており、エルメスを十回殺してもお釣りが来るほどだっただろう。

……しかし、エルメスは。

「──次」

その全てを、捌《さば》いていった。

「それは見た」

生半可な狙撃は全て焼き払った。圧倒的な物量の攻撃は身のこなしで躱しきった。毒や幻覚の類の罠は起きた瞬間、或《あ》いは起きる前に察知して風で飛ばすか結界に閉じ込めた。加えて罠を回避するごとに、それらの傾向を摑《つか》んで更に対策を早めていった。

「それも、もう知ってる」

一瞬でも気を抜けばやられるのなら、一瞬たりとも気を抜かなければ良いだけだとばかりに。対応し、適応し──極め付けは罠を敢《あ》えて踏んだ上で発動前に潰すという荒業までやってのけて。

魔道具は原則、血統魔法以上のことはできない。故に、それらで大火力を出そうと思ったら基本的には今回エルメスに行ったように、数による物量作戦しか有り得ない。

──エルメスに対しては、それが悪手。

彼の武器は対応能力。そんな彼に対してこうまで馬鹿正直に数のごり押しを行うなど……対策してくれと言っているようなものだ。

後半は、もはや彼の立ち回りに危なげな様子は欠片《かけら》もなく。

熾烈さを増していったはずの罠の数々も、彼にとっては時間稼ぎにしかならなかった。

かくして、宣言通り。あらゆるトラップ、致命の嵐を全力で踏破したエルメスは。

「次──は、ありませんか」

遂《つい》に、残り数十歩。大司教の姿を目視できるところまで来た。

無論、彼も無傷とはいかない。全身に無数の小さな傷が刻まれ、出血量も馬鹿にはできないだろう。しかし──その翡翠《ひすい》の眼光だけは翳《かげ》りなく。爛々《らんらん》と、倒すべき敵手の姿をその視界に捉えていた。

辺りに漂う魔力の気配から罠の残弾はないと判断し、エルメスは構えを取る。

当然、まだ油断はできない。大司教のことだ、ここからでも隠し球の一つや二つ出せるのは疑いようがない。

特に警戒すべきは、未《いま》だ全容が知れない大司教の血統魔法、洗脳の魔法。大司教に近づく今こそ、最大限に警戒する必要があるだろう。

……だが、それはもちろん突撃を躊躇《ためら》う理由にはならない。

時間を稼いでくれているリリアーナたちのためにも、早く決着をつける必要があるのは紛れもない事実なのだから。

故に、躊躇《ちゅうちょ》なく。エルメスは力強く踏み込んで、大司教に続く最後の道を全力で踏破しようとして――

そこで。

大司教が、嗤《わら》った。

瞬間。エルメスの動きが止まった。

「――え」

突如として、強制的に静止させられたエルメスの行動。

大司教に何かをされたわけではない。現在エルメスの警戒は全て大司教ヨハンに向けられている、奴に何かをされたなら彼が気づかないはずがない。

そう、故に。同時に彼は理解させられる。

後ろを振り向き――否、振り向かされて。否応《いやおう》なしに視界を埋められる存在、彼の動きを止めたのは……

「――やぁ」

ニィナ・フォン・フロダイト。

彼女の持つ、エルメスには絶大な威力を誇る魅了の魔法に他ならない。

その彼女が、いつも通り。可憐《かれん》な微笑《ほほえ》みを浮かべたまま、エルメスの動きを封じていた。

——早すぎる。

真っ先に抱くべき疑問はそれだっただろう。

ニィナは、サラが足止めしていたはずだ。いくら直接的に戦うことに向かない彼女とは言え高い魔法能力を持つ二重適性、加えて魔法の相性も良く、ニィナが全力を出せない今の状況であれば十分な時間稼ぎが叶《かな》うはずだった。

その見立ては、間違っていなかっただろう。サラが油断をするような性格でないことも確かで、何か別方面から加勢があったわけでもない。

ならば。ここまでの短時間でニィナがサラを突破し、ほぼ止まることなく突撃していたエルメスに追いついた理由は一つ。

——ニィナが本気を出した。サラに相対する彼女が、一片の手心も加えなかったからに他ならない。

じゃあ、と次の疑問。何故《なぜ》彼女はそうしたのだ。こちらの勝利を望んでいたはずの彼女がそのような行動に及んだ理由はなんだ。

その答えは——すぐに明らかになった。

ニィナを見る……否、ニィナ以外を見ることを既に禁じられたエルメスが。彼女を観察すると——以前相対した彼女の首筋にあった、鎖のような紋様が消えている。

そして何より、彼女の僅かな、そして何より決定的な魔力の変質が全てを物語っていた。

それらの情報から……既に緩やかに甘く痺《しび》れ始めていた彼の思考の中で、答えを導き出すのと同時に。

ニィナは、ふわりと。彼の思考を完全に奪い、全てを虜《とりこ》にするような愛らしい魔性の微笑と共に。

「エル君、好きだよ」

甘やかな声で、蕩《とろ》けるような告白で。彼の意識を奪い尽くすための言葉に続けて。

こう、告げた。

「──だから、殺すね？」

ニィナが洗脳されている。

それが、結論。

ニィナがこんな行動をした理由は、この状況に陥った理由は。それ以外に有り得ない。

大司教の、未だ全容が見えない洗脳の魔法。

それが牙を剝《む》いたのは──エルメスにではなかったのだ。

エルメスは以前、大司教の魔法についてこう話した。

『そもそも、思考改変系統の魔法は基本そこまで便利なものではありません。本人の認識や意識を著しく変えることは不可能なはずなんです』

そう、思考操作系の魔法に関する特徴の三つ目。『対象の性質や性格を著しく変えることはできない』だ。

大司教の洗脳魔法は、何故かそれを貫通するとエルメスは語っていた。

ならば、同様に。

思考操作系の魔法に関する特徴の一つ目。『同系統の魔法持ちには基本効かない』。

――それは貫通しないと、何故言い切れる。

そこを見誤ったのが、エルメスたちの致命的なミスだと。そう言わんばかりに、大司教は。ニィナに見えず、自分には見えていた未来が寸分違《たが》わず実現する光景を目前に嗤って。

「――やれ」

「うん」

大司教の指示に、何の疑いもなくニィナが頷《うなず》いて。

一切の容赦ない、致命の刃《やいば》が――ほとんど動けなくなっていたエルメスに、襲い掛かったのだった。

第十一章　世界を変える恋の魔法

――諦めてばかりの人生だった。

ニィナ・フォン・フロダイトは、自身が生まれてからこれまでをそう認識している。

彼女の生家は、騎士の名家だった。

代々身体強化系の血統魔法を継承し、この国にしては珍しく剣の技術を重点的に磨いているい家系。その力によって近接が苦手なこの国の魔法使いを護衛する職業……言うなれば傭兵《ようへい》業のようなもので生計を立てることを家ぐるみでの生業にしていた。

彼女は、そんな家の長女であり唯一の女児として生を受け。

――そして、弟たちの誰よりも剣の才能に恵まれていた。

剣を振るうことは、好きだった。体を動かすことが、技術を磨くことが楽しかったし、それによって周りに褒めてもらうのも、喜んでもらえるのも嬉《うれ》しくて。

だから、彼女はこの頃はまだ……自分のことをすごい人だと思うことができていた。

いずれ家を継ぐだろうことは嫌じゃなかったし、好きな剣で人々の役に立つことを素直に生き甲斐《がい》だと、情熱を持って極めるべき自分の目標だと認識できていた。

それが、壊れたのは。彼女の血統魔法が発覚したから――ではなく。

「何で！　何で姉さんなんだよ、姉さんのせいで、僕は……ッ！」

弟が。——全身を青痣《あおあざ》だらけにした、彼女の弟の一人が。

憎悪に満ちた視線で、自分を恨みがましく糾弾してきた瞬間からだった。

そこで、彼女は知る。自分が活躍を示すほどに、自分が才を認められるほどに。

女に負ける出来損ない。女にも劣る軟弱者。そう呼ばれて周りの人間から、そして何より剣才を何より重んじる父から。もっと頑張れと。才能がない分努力しろと。姉に追いつけと。

叱咤《しった》され、折檻《せっかん》され、拷問にも近いほどに訓練を受け——それでも尚《なお》、自分には追いつけないでいることを。

当然、父に直談判《じかだんぱん》した。もうあんなことは、弟をいじめるのはやめてくれと。

しかし、父は取り合ってくれず。代わりに、彼女にこう言ったのだ。

「何よりあの子自身が、お前に追いつくことを望んでいる。——他ならぬお前自身が、そんなあいつの目的を奪おうと言うのか？」

——弟を苦しめている原因は、全てお前に帰するものだと。

冷酷に、無慈悲に、そう言い放ったのだった。

その日から、剣を握るのが怖くなった。今までは何も考えず、ただ剣を振るだけで楽しかったのが……その度に、あの憎悪に満ちた表情がちらついて。自分が強くなるほどに弟を、弟たちを苦しめていることを知ってしまって。

訓練することが、研鑽《けんさん》することが。強くなることが……嫌で嫌で仕方なくなった。人一倍家族に愛情を持つ性質の彼女だったが故に、その二律背反は尚更《なおさら》強く。

訓練しても身が入らなくなり。それを見抜かれ教師や父に叱られ、それがまたすごく嫌で。更にやる気がなくなって……でも、言われるがままに続けていただけの訓練でも自分は強くなって、それが更に家族との隔絶を深めた。

極め付けに……彼女の血統魔法が発覚して。

醜いものだと、邪悪なものだと罵られた。一挙に立場が危ういものとなって、父からは失望され、弟たちからは今までの鬱憤を晴らすかのように手酷《てひど》い扱いを受けた。

その最後に。最初に恨みをぶつけてきた弟が、目の前に現れて。

自分の血統魔法を馬鹿にして……それでも自分に剣の腕で追いつけない恨み言を吐き──そして、そんな中でも尚、自分に対して家族の情は持っているということを。

最後の言葉に、ニィナは一瞬顔を輝かせるが……その弟は。言葉とは裏腹に、恨みと憎しみと嘲りと……どこにも正の感情が見当たらない顔で、こう言い放ったのだ。

「でもさ。それって全部──姉さんがその魅了の魔法で植え付けたものじゃないの？」

事実無根の言葉で、一切真実のない憶測で。

──もうニィナを家族と思いたくないと、この上なく残酷に告げてきた。

その瞬間、思ったのだ。

……ああ。──じゃあ、もういいや、と。

強くなって、家族を傷つけるくらいなら。

恨まれるなら。憎しみを向けられるなら。……家族に、そんな言葉を言われるくらいなら。

もういい。剣なんて要らない。強くなる意味なんて、見出《みいだ》せない。

今まであれほど持っていた……否、持っていたと勘違いしていた情熱が、形を失って急速に冷めていくのを感じた。

そこからすぐに、父から魔法を理由に絶縁を告げられて。

多分抵抗しようと思えばできたのだろうが……その時の彼女にはそうする意味も見出せず。唯々諾々《いいだくだく》と、それを受け入れて。生家を追い出されることと、なったのであった。


……結局、その程度だったのだろう。

自分にとっての剣とは……いや、剣に限らず、何であっても。

頑張れるのは、楽しい時だけで。辛《つら》いこと、嫌なことがあればすぐに投げ出してしまう程度のものしか持てない。

飽きっぽくて、移ろいやすい薄情者。それが、自分の本質なのだと悟ってしまった。

それをより強く自覚する出来事も、もう一つあった。生家を追い出され、傍系のフロダイト家に引き取られた時のことだ。

その時はまだ、強くなることへの情熱を失いきってはいなかったように思う。生まれの家ではだめだったけど、ここならまたかつての夢を追えるんじゃないかと。

でも——すぐに諦めた。

何故なら、ルキウスがいたからだ。

見た瞬間、化け物だと悟った。桁外れの魔力に、同じ剣をやっているものだからこそ分かる凄《すさ》まじく洗練された身のこなし。仮に魔法抜きで挑んだとしても、一分の隙すら見当たらない。生家の人間たちとは次元が違う、本物の天才を見せつけられた。

フロダイト家が、自分を引き取った理由は。あらゆる意味で規格外すぎるルキウスに何かがあった時、家のための予備《スペア》が欲しかったからということも同時に悟った。

……もちろん、貴族子弟のやりとりにはどうしてもそういう意図が介在することは彼女も理解していたし、それも踏まえた上でフロダイト家の両親は愛情深く自分をすごく大切にしてくれた。兄ルキウスも、少々脳筋なところはあるが人格的にも申し分ない誇り高い騎士で。屈託なく兄妹《きょうだい》として自分と仲良くしてくれた。フロダイト家の人たちのことは、あっと言う間に好きになれた。

でも……それ故に。

じゃあ、いいかなと。この人たちがいるなら、ボクは言われた通りの予備でいいかなと。

仲良くなりつつも、一歩引いて。仲良くなった故の悲劇をこれ以上起こさないよう、予備の立場に、劣っている立場に甘んじて最後の一線では壁を作った。

これ以上、頑張る理由を……彼女の中では、見つけられなかったのだ。

誰もが高潔で壮大な理想を持てるわけではなく、誰もが何もかも捨てて理想を追い求められるわけでもない。

むしろ、そうできる人は一握り。以前ニィナが言ったように、例えば『世界の命運を懸けた戦い』に参加できるのは、主役になれるのはその一握りの人間たちで。

大半の人間は……自分も含めて、そうじゃない。頑張っていることがあっても、辛いことがあれば容易《たやす》く心が折れてしまう。

全力で頑張れる、命を賭すに足る、全てを懸けるに足る。

そう誰もが納得するような素晴らしい『願い』なんて。

持てない人間が――ほとんどなのだ。


そこから成長して、この国を知るうちに。ニィナは、その真実を残酷に理解した。

だから。学園に入って、Ｂクラスに配属されて。

酷《ひど》い扱いを受けるクラスメイトたちを、それを受け入れてどんどん瞳を濁らせて思想が変わっていくクラスメイトたちを見て……ニィナは、むしろ同情した。

――しょうがないよね、と。

――こんなひどい状況で頑張れるわけないよね、と。

故に、彼女はクラスメイトたちを積極的に慰めに行った。それでいいんだと受け入れて、理想と現実の間に心が押し潰される人が出ないようにした。それだけが、彼女のできることだと思ったから。

話を聞いて、共感した。……ボクだって、きっとあの時。真に剣に対して情熱を持てていたなら、弟の憎悪なんて突っぱねてひたすら進めば良かったんだと。

それができなかったのは、自分がそういう人間だったからで。

そして、そういう人間が世の中では大半であり普通で。

そういう『普通』の人たちは、これまで通り流されるしかないんだと。

しょうがないと、諦念混じりの考えを甘い言葉に包んで伝え。傷の舐《な》め合いをすることで、彼らの、そして自分の心を守っていた。

…………でも。本当は。

そんな自分が、頑張れない自分が。心の底ではすごく、すごく嫌で。だからこそ。

誰よりも誇り高い貴族であることを望み、特大の逆境でもめげずに進んでいるカティアだったり。

流されているように見えて、本当は自分でも気づいていない強く気高い理想をその胸の内に秘めているサラだったり。

そして、何より。

自分と同じ、将来を嘱望され。でもその才故に家族に恨まれ、血統魔法の関わりで家を追い出されて。それでも、尚。自分のように折れずに最初から信じたものに突き進んだ結果戻ってきて——そのまま嵐のように、自分が仕方ないと受け入れていたもの全てを壊していったエルメスが。

彼女の目には、この上なく眩《まぶ》しく映って。

忘れていた、消えていたはずの熱を。再び灯《とも》せたような気が——して、いたのだ。

◆

（………どういう、こと）

そして、決戦二日前。

あの可愛《かわい》らしい王女様と出会って、未来が変わったことを知って。大司教の驚愕《きょうがく》と動揺を見て溜飲《りゅういん》を下げ——ようやく悪夢に悩まされずに済むと安心して眠りについた、その夜。

ひどい、悪夢を見た。

——どうしてか分からないけれどエルメスが死ぬ、という地獄の光景から始まる悪夢を。

（なんで。未来は変わったんじゃないの）

予知夢は、明晰夢《めいせきむ》の形で与えられる。故に目を逸《そ》らすことができない、はっきり意識と自覚のある状態で見せられた不可解な地獄に、ニィナは思考する。

（そもそも何これ……こんな予知、今まではなかった。わけが分かんない、原因が分からなかったら対処のしようが——!?）

困惑と、対処不能なことによる恐怖。それらが合わさって混乱の極みにあった彼女の眼前で——景色が、入れ替わった。

(——え)

それは、予知夢を見られる人間特有の感覚か、はたまた彼女固有の直感によるものか。

何であれ、どうしてか。その瞬間ニィナは悟る。

——夢が切り替わった、と。これまでの予知夢ではない、別の要因……何らかの意思によって『見せられる』、そんな夢へと。

そうして、現れたのは。

(……………やだ)

更なる地獄だった。彼女が今まで見た、悪夢の光景。二度と見たくなくて必死に避けようとして、回避できたはずの最悪の具現。

——あらゆる、エルメスの死の光景。あり得た最悪の未来が、一斉に流れ込んできた。

(やめて。なんで)

——大司教の神罰からカティアたちを庇《かば》って、力なく横たわる彼の姿を見た。

——高笑いする教会兵たちに、一斉に刺し貫かれる彼の姿を見た。

——兄ルキウスに心臓を貫かれる、彼の姿を見た。

(いやだ。見たくない——！)

そう叫んでも、明晰夢であるが故に目を逸らせない。夢から覚めることもできない。

何度も何度も、繰り返し繰り返し。ご丁寧に一つ一つバリエーションを変え……ニィナのこの先取りうる行動全てを認識させてから、その先に待つ最悪を見せつけてくる。

それはあたかも……ニィナ自身の、力不足を咎《とが》めるように。お前がどんな行動をしても、未来は変えられないと見せつけるかのように。

変わったはず、こんな光景あり得ないと断言するには、眼前の景色はあまりにリアリティと実現性がありすぎていて。

そこで、気付く。

これは——大司教視点の未来予知だと。

ニィナよりも広範に、ニィナよりも詳細に。

彼女がどんな行動をしてもそれを予測し読み切り、時に利用さえして。執拗《しつよう》に、狂的にエルメス殺害の目標を果たそうとしている。その執念を、意志の力を見せつけて。

多少未来が変わったところで、お前には関係ない。自分が実現しようとする未来には、未《いま》だ一片の翳《かげ》りもありはしない。そう告げるかのように、どうしようもなく、徹底的に。

——お前の力ではこれを変えられない、何もできないと突きつけていた。

(やめてよ。そんなの……ボクが一番良く分かってるよ……!)

そして、実際にニィナは何もできなかったからこそ、その光景はひどく刺さる。

全てを知っているのは、変えられるのは。自分だけなのに、何もできない。

同じ予知の力を得た人間として、抵抗しようとした。けれど実際彼女に変えられたものは何もなく、結果を出したのはあの王女様とエルメスたち。

自分は……最初から。そしてこの先も、ずっと蚊帳の外。

眼前の光景は、それを彼女に突きつけるには十分で。

同時に、否応《いやおう》なしにそれは彼女に思い出させる。自分の本質、自分の欠陥を。

なんとか、しようとした。否――自分が、なんとかしたかったのだ。

頑張れない自分でも、自分なりに。頑張っている人の邪魔をしてはいけないと。

そう思って、ルキウスを操り、エルメスたちを害そうとする大司教に、偶然とは言え得た力によって抵抗しようとした。

それに。ここで、何かできれば。また――かつての自分に、何かに向かって真《ま》っ直《す》ぐだった自分に、戻れる気がしていたのだ。

でも、無理だった。

半端な抵抗は全て封じられる、どれほど踠《もが》いてもあの男の前では何の意味も成さないどころか利用までされて助けたかった人たちに迷惑を掛ける始末。

肝心な未来は、何も変えられず。毎夜毎夜、絶望に魘《うな》された。

それが本当は――辛くて、辛くて。嫌で嫌で仕方なかった。

一晩ごとに、心が削られるのが自覚できて。自分の無力を突きつけられるのが嫌で。

それに、何より。そうしているうちに――また。

いつか、あの時の自分が。薄情者の自分が出てきてしまって。

もういいや、と諦めてしまうのが。兄を、友人を、好きな人を。一切合切を見捨てる大嫌いな自分が出てくるのが……きっといずれそうなるだろうと自覚できてしまうが故に、怖かった。

辛《つら》い。嫌だ。もう、頑張りたくなんてない。そんな本音を押し込めて、必死にできることを探しても——それでも、一切の抵抗は許されず。

そうなる理由に関しても、自覚があった。

だって……分かるのだ。曲がりなりにも同じ力を持って、同じ盤面でやりあえば、否応なしに理解できてしまうのだ。

すなわち——大司教も、『持っている』側の人間だと。

歪《いびつ》かもしれない。余人には理解できない領域に達してしまっているかもしれない。

けれど、紛れもなく。あの男の、『神の国を作る』という目的は——全てを懸けるに足る、ヨハン自身の『願い』なのだ。

それが、力になる。魔法を強くする。そこまでの人間だけが、その場に立てる。

そう、つまりこの北部反乱は。とっくに、そういう次元の戦いだった。

『世界の命運を懸けた』戦い。高潔な願いがぶつかり合う場所。

そんな、戦いの場所で。……最初から、自分が割って入る隙はなかったのだ。

エルメスのような、純粋に魔法を極めんとする願いだったり。

カティアのような、貴族としての在り方をどこまでも貫こうとする願いだったり。

サラのような、あり得ないはずの理想をそれでも突き詰めようとする願いだったり。

自分は、そういうの、ない。

そんな自分が……どうこうしようなど、初めから無理だった。

それを、否応なしに自覚させられてしまった。


悪夢が切り替わった。

「エル、エルっ！……何で、何でよぉ……！」

エルメスが死んだ──後の、光景。

彼の亡骸《なきがら》を抱きしめ、あまりにも痛々しい慟哭《どうこく》を発していたカティアが──こちらを向いて。

「何で……っ、あなたが、もっと……！」

ぶつけたくはないけれど、ぶつけざるを得ない。そんな激情を押し込めた瞳で、言葉にはせず──それでも、自分の怠慢を糾弾する視線を向けてきていた。

──刻みつけられる。

「……エルメス、さん」

サラは、対照的に静かに。けれど、瞳にはあまりにも計り知れない絶望を湛《たた》え、抑えきれないそれが涙の形となって溢《あふ》れる……そんな表情のまま。

「……」

自分を、見据えてきていた。表情には微笑《ほほえ》みすら浮かべて、自分を赦《ゆる》すような……けれど、どこか決定的に壊れてしまった顔で。

――己の罪を、思い上がった結果を、刻みつけられる。

「――――」

リリアーナは、一切の言葉を発しない。

ただただ、虚《うつろ》な瞳で。何もかもを失ったことが分かる顔で。

何もせず……最早《もはや》何をする意味も見出《みいだ》せず。自分には目もくれず、その場に佇《たたず》んでいた。

――素晴らしい人たちと出会い、自分もそうなれると勘違いして。調子に乗って、仲を深めた果て。愚か者の末路が、これだと。

「……妹よ、お前は悪くない」

兄ルキウスは、沈鬱な表情――洗脳されていたことを自覚した表情で、告げてくる。

「悪いのは、私だ。あの男に踊らされた私だ！　私を罵ってくれ……！」

彼の心臓を刺し貫いたことを、心の底から悔いる。人生で最大の苦悶《くもん》と共に……けれどニィナには一切の責を向けず、ただ己が罰されることを望んでいた。

（やめてよ――！）

吐き気がした。

皆が皆、自分を表立って弾劾はせず。それが何よりのリアリティを伴って、彼女の心を削り取る。

何も変えられず、何者にもなれず。……ただ、我慢できずに仲良くなって、近しくなった人たちを巻き込んで、どうしようもない悲劇に叩《たた》き込む。

――それは。彼女が抱えた最初の罪。生まれつき授かった原初の呪い。

「――ほら。やっぱり無理だったじゃないか」

(――!)

そして、最後に。

とどめの言葉が、最も聞きたくなかった人間――彼女の生家の弟の声を伴って放たれる。

「姉さんは、そういう人間なんだ。周りの近しい人間からぜーんぶ不幸にしていく」

(いやだ、やめて。それ以上言わないで)

全力の拒絶を心中で叫ぶも、言葉は止まらない。

何故《なぜ》なら、それを発しているのは彼女自身。紛れもない、彼女が自覚しているもの。それが弟の口を借りて放たれているだけなのだから。

「すごい人になって、すごい人たちと一緒にいたいのかい？　はは、無理だよ。だってほら――姉さんの、魔法を見てごらんよ」

そして彼女の弟は。あの時――彼女に絶望の一言を浴びせた時と同じ表情、同じ声色で。

嘲るように、憐《あわ》れむように。とどめを指すように、告げたのだった。

「——好きな人間の心を捻じ曲げる。そんな醜い血統魔法の持ち主がさ……どうやって、素晴らしいものになれるって言うんだい？」

(——ああ)

それを、聞いた瞬間。

恐れていた事態が。彼女の中の何かのスイッチが、致命的に切り替わったのを感じた。

そうして、彼女は呟《つぶや》く。

(……もう、いいかな)

嫌だ。もう無理。

こんな目に遭ってまで、こんなひどい思いをしてまで。

頑張りたくなんてない。何かを目指したくなんてない。

最初っから、自分はああいう人たちとは違ったんだ。こうなるくらいなら……別に、執着しなくてもいいんじゃないかな。

冷え切っていく。色褪《いろあ》せていく。

意欲も、気力も。何もかもなくなって、これまで押し込めていた弱音が出てくる。

やだよ。これ以上こんなことしたくない。もう疲れた。

何もする気が起きない。何でこんな思いしなくちゃいけないの。

——もう。楽に、なりたい。

「じゃあ、そうしてやろう」

その瞬間。彼女の弱音に応えるような、声が響き。

同時に、弱りきった彼女の心の壁を食い破って――良くないものが、流れ込んでくるのが、分かった。

◆

そして、同刻。

悪夢に魘されるニィナ――の、枕元に立った大司教ヨハンが。

満を持して、自身の血統魔法を起動した。

「血統魔法――『無明の恒星《アルカ・アビス》』」

血統魔法、『無明の恒星《アルカ・アビス》』。

効果は洗脳。発動条件は、自身の魔法を込めた魔力が一定量対象を侵食すること。

そして制約は――あまりに過剰な思考や性格の改変は不可能。

そう。この魔法単体は、エルメスたちが予想した通り――一般的な思考改変系魔法の域を出るものではないのだ。抵抗《レジスト》も比較的容易《たやす》く、実のところ全体的に見ればむしろ弱い部類の血統魔法と言える。

だが——ここで一つの事実を述べよう。

そもそも、魔法なんてなくても洗脳はできる。

ヨハンが所属している組織は教会、教えを広めることを目的とする組織である以上——『そういう手段』のノウハウも多く。ナンバーツーである彼は人よりも遥《はる》かに造詣が深かった。

物理的な洗脳の手法は数あれど、共通しているステップは二点。

一つ——まず相手の精神を徹底的に疲弊させること。

二つ——その上で、相手が望んでいる言葉を刷り込むこと。

そうして強引に……『神の言葉』を聞かせた経験も、彼は数多く持っていた。

そして、ある日。彼は気付いたのだ。

——これと自身の魔法を組み合わせたら？　と。

効果は激甚だった。

通常の洗脳も、これまでよりも遥かに容易い手間でできるようになり。

加えて、双方の手段を手を抜かずに行った場合——魔法だけでは不可能なレベル、魔法では不可能な相手にまで、甚大な思考の書き換えができるようになったのである。

それこそが、直接戦力ではない大司教ヨハンの奥の手。未来予知と双璧をなす、ヨハンをこの立場にまで押し上げてきた切り札である。

――よって、今回。

イレギュラーながら、自身と同じ予知能力を持つに至ったニィナ。取るに足りない小娘だが同じ盤面に立てる存在であり、制約《ギアス》で縛っているとはいえ決して油断はできない相手。

その憂いを取り除くために、彼女を洗脳するプランは他と並行して進めていたのだ。

よりにもよって同じ思考改変系魔法持ちだったため、じっくりと手間をかけて。まずは彼女と交わした制約《ギアス》の干渉禁止を直接的なものに限定し、向こうが思考改変系魔法の常識に油断したのを突いて洗脳が通る抜け穴を作った。

加えて北部連合全体で彼女を冷遇し、味方のいない孤立した状況で毎夜のように最悪の未来を見せることで、少しずつ確実に精神を削っていったのだ。

無論、予知ではそんなことせずとも目的は完遂できる予定だったが……相手が相手だ、用心しておくに越したことはない。そうした準備がこれまで何度も自分を救ってきたことを、ヨハンはよく理解していた。

それが、今回も功を奏した。まさかのリリアーナ、予想だにしない存在に予知を破られるという特大のイレギュラー。それによって当初のルキウスにエルメスを殺させるプランは崩れ、先ほどの予知では――決戦時、エルメスの突撃をどう足掻《あが》いても止められず敗北するという初めての地獄を見た。

故にここで、用心が生きる。

着々と準備を進めていた布石をここで解放し、ニィナを洗脳。そうすれば最早制約《ギアス》など何の役にも立たない。向こうに合意させ破棄させれば済む話だ。

そうして——ニィナに、エルメスを殺させる。

それこそが、新たな未来《プラン》。同じ予知能力を持つニィナに察知させず、かつ向こうの虚を衝《つ》いた、エルメスを確実に葬るための完璧な一手だ。

かくして、今回。限界まで疲弊させたニィナの精神を崩す最後のひと押しとして用意していた——『対象に一度だけ悪夢を見せる』魔道具を起動した。

一度だけという限定的な効果だがそれも使い方次第。現にこうしてニィナの心を完璧に折り——今確かに、自身の魔法がニィナの心を侵食したのを確認した。

後は、魔法——魔法に込めた自身の思念が、ニィナの思考を都合よく書き換えてくれるだろう。今、ヨハンの勝利は確定した。

ニィナはエルメスの天敵だ。一対一の不意打ちでは、いくら彼とて為《な》す術《すべ》はない。

……それに、と大司教は薄ら笑いと共に考える。

ヨハンは善意を信じていない。世界を動かすのは悪意だと信じており、そういう曖昧なものが他人同士を繋《つな》いでいるのを見ると完膚なきまでに壊さなくては気が済まない。

だから、今回ハーヴィスト領でそれを作ったあの連中を。

あの連中の中心人物であるエルメスが。あの連中が味方だと最後まで信じていたニィナに殺される、という皮肉極まる結末を迎えたら。

ああ、それは——とてもとても、愉快なショーになるだろう。

その瞬間を想像して笑みを深め、他に数多《あまた》ある決戦準備に向かうヨハンの後ろで。

ヨハンの放った血統魔法が、弱りきったニィナの精神を、一切の抵抗を許さず蹂躙《じゅうりん》し尽くして──

──遂《つい》に、彼女の心の深奥。温かな場所に、触れた。

◆

──かくして、大司教の思い描く未来は完成した。

あの夜、洗脳の完了と同時に制約《ギアス》も破棄させ、ニィナに殺人の指令を出すことが可能となった。

そこから再度未来予知、自分の想像通りの光景が展開されているのを見て夢の中で確信を深め、計画を実行に移す。

まずは唯一読めないリリアーナの行動を周りの人間や経験から可能な限り予測、セオリー通り北部連合を当てるのがベストと判断すると同時に──可能な限りリリアーナとエルメスたちを引き剝がし、イレギュラーが介入しないように配置を工夫した。

リリアーナの魔法は、確かに驚きこそしたが概《おおむ》ね読み通り。大司教の想定から外れないまま状況は進み、遂に。予想通り、エルメスが強引に自分に突撃を仕掛け──そこに、洗脳済みのニィナがそれを止めにやってきた。

(——勝った)

ヨハンは確信した。

エルメスは……辛うじて魅了が完全に回る前に脱出したようだが無駄だ。

あの状態になった獲物をニィナは逃さない。エルメスもそれを承知の上だろう、いずれニィナに捉えられることを前提に、何とか自分に射撃を届かせようとするが——

(それも、読んでいるぞ)

それも無駄だと、大司教は予知している。

理由は、大司教が肌身離さず持ち歩き、先ほどもエルメスの『魔弾の射手《ミストール・テイナ》』を防いだ魔道具。以前ローズがトラーキア家に持ってきたものと同種の魔道具——古代魔道具《アーティファクト》だ。

これの優れている点は、血統魔法のような詠唱のラグなしで瞬時に結界を発生させられること。よって警戒さえしていれば、どんな一撃でも容易く防いでみせる。

この立場であれば考慮に入れて当然の暗殺の類も、幾度となくこれで撃退してきた。

故に、後は向こうが詰むのを眺めるだけ。

そんな中でもエルメスは必死に抵抗し、どうにか活路を探そうとする。そんな愚かな少年の様子を嘲弄《ちょうろう》と共に眺めながら、大司教は一人呟く。

「その諦めの悪さは認めるが、無駄だよ。……ああ、そこに至るまでにさぞ努力を重ねてきたのだろう、さぞ多くの人間を動かしてきたのだろう」

エルメスの足跡は、彼を警戒対象に入れてから、そして予知から理解していた。彼が、そこに至るまでどれほど積み重ねてきたのかを。

……だが、皮肉なことに。そうして強くなればなるほど、大司教の掌《てのひら》の上なのだ。

本当に笑ってしまうほど予想通り動いてくれたものだ。

ヨハンは善意を信じない。そして、エルメスがそういう想《おも》いを積み重ねてきたことも、彼に従う人間の、彼に信頼を向ける人間の、そして――

今、エルメスが受けている魅了の魔法の強さからも、とても良く分かる。

「ならば、善意《それ》に殺されろ」

止《とど》めの一言を、大司教は告げる。お前がこれまで積み上げてきたものが、築いてきたものが。今お前を縛る魔法の威力と化しているのだと。

大司教が信じる、善意の脆《もろ》さと儚《はかな》さを。最大の皮肉と、最高の愉悦によって示す。それこそが、大司教がこの殺し方を採用した最後の理由である。

知るが良い。お前の信じてきたものは、こうされるためにあるのだ。

――お前の世界は、恋の魔法で壊される。

そのメッセージを、心中で呟きながら見守る中で。遂に、行動制限と疲労によって動けなくなる彼の前に。容赦なくニィナが迫り、剣を振りかぶって。

エルメスの胸を、躊躇《ためら》いなく刺し貫いた。

◆

「……は」

大司教は笑う。驚きはなく、当然だという傲慢な確信を持ってその光景を眺める。

だって、知っていたからだ。

あの日から、自分の計画を組み直した時から。

──この光景だけは、自分の予知の中で一切揺らがずそこにあったからだ。

剣が引き抜かれる。血が溢《あふ》れ出す。エルメスが力なくその場に倒れ伏し、ニィナが微動だにせずその場に立ち尽くす。

「はは、はははははは！」

何度も確認した決着の光景。読み通りの最高の出来事。それが、今紛れもなく眼前で再現されたことに、ここまでの予知が寸分違《たが》わず成ったことに、大司教は改めて哄笑《こうしょう》を上げ。

──『その先』を予知しなかったことが、最大の敗因となった。

「今、だよ、エル君」

ニィナの──確かな意思を宿した声が、大司教に届くより前に。

エルメスが……倒れているはずの彼が倒れたままに片手を上げ、指先を大司教に向け。

「──『流星の玉座《フリズスキャルヴ》』」

血統魔法を。

──『ニィナに刺し貫かれながら詠唱していた魔法』を、解き放った。

光の雨が、大司教に降り注ぐ。

「が、ぁ────ッ!?」

流石《さすが》と言うべきか、咄嗟《とっさ》に反応したヨハンが結界を展開しようとする。

だが、僅かに間に合わず。展開前に到達した光線がヨハンを、致命傷でないものの強《したた》かに打ち据えて。何より……狙い通り。結界起動の魔道具に一条が直撃、ヨハンの護身手段を完膚なきまでに破壊し尽くした。

……無論、通常であればこうはならない。警戒している大司教の前では魔道具によってあらゆる遠距離攻撃は防がれてしまう。

だが、今この瞬間。最大の予知が実現し、勝利を確信し、結果的に油断していたヨハンに対しては運良く命中した──否。

この瞬間だけはヨハンが油断すると、ニィナが『予知』していたのだ。

「何、が──ありえん──」

辛うじて残りを防ぎ切ることに成功したヨハンが、それでも重傷の状態で立ち上がり。あり得ない光景……完全に予想外の出来事に呟《つぶや》く。

何が起きた、と素早く状況を整理する。今自分を襲った魔法は『流星の玉座《フリズスキャルヴ》』。あの魔女の魔法を何故《なぜ》エルメスが使えるのかは不明……否、そうではなく。それよりももっと重大で自明な点、それは。

「エルメスが、生きている――!?」

ふらつきながらも立ち上がり、正面を見据える。

そこには……胸の刺し傷によって致命傷寸前の重傷を負いながらも、それでも立ち上がり。翡翠《ひすい》の眼光を揺るがず大司教に向けた、エルメスの姿が。

彼はそのまま、口から血を流しながらも淡々と。確かな意思を宿した口調で、一息に。

「――そう来ると、思っていましたよ」

◆

(――大司教の動きを誘導する)

それが、決戦に向けて。エルメスが心中で思い描き……しかし予知を警戒して誰にも話せなかった、決着のための最後の一手だ。

当初の……そして話していた目的、『予知しても回避不能な未来を叩《たた》きつける』も有効ではあるが、やはり情報アドバンテージは圧倒的に向こうにある以上不安定さは否めない。

よって確実に詰め切るために、エルメスが密《ひそ》かに進めていたのがそれだ。

大司教の状況の運び方は、盤上遊戯《ボードゲーム》を彷彿《ほうふつ》とさせる。

予知が可能である故の思考だろう、何がなんでも自分たちを想定通り動かそうとする意志は、実際にそうされていたエルメスだからこそ良く分かる。

そして、盤上遊戯《ボードゲーム》に関してはエルメスも覚えがある。修行時代、頭脳の特訓として師ローズとよくやっていたからだ。

その経験と、魔法に関する知識を基に。彼は組み立てを開始する。

(……まずは、向こうの狙いを知ること。向こうの最大の目的はなんだ？)

それは考えるまでもなく分かった。

エルメスを殺すことだ。向こうはそれをこの北部反乱における最大の目的に据えている。

ここまでの流れから、それは疑いようがないだろう。

ならば次。──そのために、向こうはどんな手段を取ってくる？

当初の目的だった、数の暴力と不信でエルメスを疲弊させる作戦は既に頓挫している。

その上で現在の万全なエルメスを確実に殺せるとなれば……選択肢はそう多くない。

まず数でなく個人……個の能力で、エルメスを殺害しうる人材を持ってくるだろう。

故にこの時点で、向こうの取ってくるだろう手は二つまで絞られた。

そのうちの片方、ルキウスに関してはあり得なくもないが、本命であるが故にこちらも最大限警戒している。加えて決戦での立ち回りでそれだけは避けるようにすれば、向こうがルキウスを直接ぶつけてくる可能性は限りなく低くできる。

よって、残る手は一つ。

(──『ニィナ様に僕を殺させる』。ほぼ間違いなく、これで来る)

無論、普通に考えればあり得ない。

だがエルメスは、向こうの『洗脳』の血統魔法が普通でないことを既に見抜いていた。

……大司教が見抜いていないと思っていた、思考改変系魔法の法則の一つ目『同系統の魔法持ちには基本効かない』を貫通する可能性についても、同様に。

それによってニィナを操り、エルメスにけしかける。それができれば間違いなくこちらの不意を突ける上に、魅了の範囲に入れば対ルキウスよりこちらの勝率も低い。

加えて、こちらのそういった絆《きずな》や思いやりを徹底的に破壊しようとする大司教の手の傾向的にも……やはりそうする可能性は、極めて高い。

以上のプロセスにより、大司教の手は読めた。

――ならば、あとやるべきことは簡単だ。

（ニィナ様の洗脳を解く。或《ある》いは、洗脳できているようでできないようにする）

これで行こう、とエルメスは決意する。

だってそれができれば、盤面の形勢は一気にひっくり返る。

向こうの手は意味を成さないどころか致命的な大悪手に変貌し、完全勝利どころかこれ以上の抵抗を許さず、一気に向こう側の詰みにまで持っていけるだろう。

それに、何より。

勝利を確信し、詰みの一手を打つ瞬間が一番油断する。

盤上遊戯《ボードゲーム》に限らず、あらゆる状況にこの法則は当てはまるということも、エルメスは師との経験から学んでいたのだから。

◆

——かくして、エルメスの思い描く未来は完成した。

ニィナを信頼し……何より学園で何度も剣を合わせた経験から彼女の攻撃に殺意がないことを瞬時に見抜き、大司教からだと分からないレベルの僅かな差で急所を外してもらい。

読み通り油断し切った大司教に最強の一撃を浴びせ、重傷を負わせると同時に向こう最大の護衛手段を破壊した。

未来予知を、可能にする魔法か魔道具。

確かに脅威だ。凄《すさ》まじい力だ。紛れもなく、血統魔法にすら不可能な力だろう。

だが——とエルメスは。自身の信念と道筋、学習と進化で不可能を塗り替えてきたことに対する自負と共に、この答えを心中で告げる。

そもそも、魔法なんてなくても未来予知はできる——と。

その領域は、お前たちだけの特権ではないと。規格外の魔道具を持って驕《おご》っていた人間に対し、その人間の動きを完璧に読み切ってみせることでその証明とした。

……大司教ヨハンは、その予知の力と立場によって、さぞ多くの人間を動かしてきたのだろう。さぞ多くの想いを否定してきたのだろう。

今回も。戦場を盤上に見立て、絶対的に、狂的に。戦況を思い通りに運んでいた……自らを『動かす側』だと信じ切っていたのだろう。

故に、エルメスは。大司教にとっては一番動かし易《やす》い、与《くみ》し易い、思い通りに動くだけの『駒』だと思われていた少年は。けれどそんな中でも己の全てを駆使し、盤上にいながら遂《つい》には大司教の動きを誘導し切った結果で以《もっ》て。

反撃の合図と共に、こう告げるのだった。

「——駒に動かされる気分は如何《いかが》ですか、大司教様」

「き、さま——！」

大司教ヨハンも、その頭脳で瞬時に気づいた、気づいてしまったのだろう。

こうなるよう、動かされた。誘導された……掌《てのひら》の上にいたのは、自分の方だと。

だが……とヨハンは狼狽《ろうばい》する。

だって、その背景を理解しても——想定できない特大の謎が残っている。

ニィナの洗脳を解除する。ああ、実際に成されているのだろう。ことここに至っては認めざるを得ない、現在の状況ではこの上なく有効な手段であることも間違いない。

しかし。それを想定しない……想定しなくてもよかった、単純な理由が一つ。

「どうやったのだ!?」

——不可能なはずなのだ。

自分の洗脳は、血統魔法と通常手段を組み合わせた手法は。これまでまず破られることはなかった、あのルキウスでさえ九割方支配下におけたほどなのだ。

それを、ましてやあんな。何の力もなく、何かを成そうとする意志も薄弱な小娘に抵抗できるはずがない、解除できるはずもない。だとすると間違いなくエルメスが何かをした結果――いや何かをしたとしても無理なはずなのだが、故に皆目見当もつけられない。

「何をした、いつやった、どうやった――いや、何より！」

そう、そして何より。エルメスが、エルメス自身が何かをやったのなら――

「何故、それを私が予知できなかった――!?」

最大の謎を前に愕然《がくぜん》とすることしかできない大司教に対し。

「教える義理はないです。話すと長くなりますし――っと」

エルメスは淡々と返したのち……がくりと膝をつく。大司教を油断させるには仕方なかったとはいえ、急所近くを剣が貫通したのだ。真っ当に動けるはずもなく、これ以上の魔法行使も難しい。これほどの重傷を唯一癒せるサラも現在は行動不能だ。

……でも、問題はない。何故なら、今こちらには。この上なく、可憐《かれん》で頼もしい。

『大司教を攻撃しない』制約《ギアス》を外された、ニィナがいる。

「――お願いします」

「うん」

あたかも、この状況の始まりをなぞるかのように。

エルメスに声をかけられ、ニィナが答える。されどのその声色は、大司教に答えた時とは真逆の喜びと、温かな感情をのせていて。洗脳されている時と……どころかそれ以前と比べても、別人のような響きで。自分の知らないところで、何が起きてしまったのだと再度愕然とする大司教に――彼女は、不敵な視線を向け。

そうして、北部反乱の元凶を、今度こそ打倒すべく。片をつけるに最も相応《ふさわ》しい少女が、剣を振りかぶり。大司教ヨハンにそれを叩き込むべく、走り出したのだった。

◆

二日前。ニィナの致命的な悪夢の中で。

――入ってくるのが、分かった。

（……やめて）

大司教の魔法が、思念が。心の壁を破壊して、同系統の魔法持ちである自分が無意識に張っていた防壁も叩き壊して、入り込んでくるのが分かった。

（……やだ）

それを理解しても、自覚しても抗《あらが》う術《すべ》は最早《もはや》ない。何故なら、

『はははははは！』

侵入し、蹂躙《じゅうりん》する大司教の思念が。魔力が、魔法が、あまりにも強力すぎたから。

『さぁ、終わりの時間だ小娘！　貴様も配下に降《くだ》れ、神の僕《しもべ》となれ。此処《ここ》より築く、神の

国の礎となるが良い！』

大司教ヨハン・フォン・カンターベル。

凄まじく強い意志と、恐ろしい思念と――あまりにも揺るぎない願いを持った。その方向性はどうあれ、紛れもなく教会の最上位に上り詰めるに相応しい人間。

『諦めろ。貴様が何をしようと、どう足掻《あが》こうと！　私は私の理想を遂げるまで絶対に止まらん。貴様如《ごと》きが、その歩みを阻めるなど思わないことだなぁ！』

自分には、そこまでのものがない。見つけられない。

故に大司教の言葉も、一切否定できない。その通りだと、思ってしまう。

……こんなのに、勝てるわけない。相手の強さに、自分の弱さに。心が折れてしまった彼女は……もう、何一つ抵抗する手段も意志も、持つことができなかった。

『――終わりだ』

それを理解してか。大司教が、ニィナの心を隅々まで破壊して。ついに最後の最後、心の深奥でうずくまる彼女を引き裂こうとして――


――止まった。

『…………は？』

（…………え？）

奇《く》しくも、大司教ヨハンとニィナが同じ疑問の声を上げる。

ニィナの心の本体を破壊すべく伸ばした大司教の手が、彼女の寸前。

――淡い翠《みどり》の壁に、阻まれていた。

『……なんだ、これは』

大司教の思念が更なる疑念に染まるのをよそに、ニィナも顔を上げて手を伸ばす。

半透明で、どこか温かなそれに触れた瞬間、彼女はそれが何かを理解した。

だって――彼女にとって、最も馴染《なじ》みのある魔法だったから。

（――『妖精の夢宮《イル・フェルリナ》』）

彼女の血統魔法、魅了の魔法。それが、彼女自身に掛けられていた。

誰が――との疑問もすぐに解決する。何故《なぜ》なら彼女の知る限り、それを使えるだろう人間は彼女以外に一人しか存在しない。

（エル君の、『妖精の夢宮《イル・フェルリナ》』だ。でも、いつ!?　大司教の予知を掻《か》い潜《くぐ》ってどうやって――!!）

それも、タイミングは一つしかない。すぐに思い至った。

――リリアーナと対峙《たいじ》した時だ。

あの時の王女様は、謎の黒水晶の魔道具を使って『エルメスの魔法』を使用することができていた。彼のものと分かる強力な『精霊の帳《テウル・ギア》』をはじめとした、彼の再現した多種多様な魔法を扱っていた。

ならば、その中に――『妖精の夢宮《イル・フェルリナ》』が含まれていたとしてもおかしくはない。

それを戦いの中で、リリアーナが他の魔法に混ぜてこっそりと放った。

他の攻撃魔法ならこっそり放ったとしても彼女の魔力感知を掻い潜れない……いや、仮に『妖精の夢宮《イル・フェルリナ》』だったとしても行動を支配するような類なら気づいただろう。何故なら以前エルメスが話した通り……彼女は、自分に害をなす魔法に対しては恐ろしく敏感だから。

でも、この魔法は。この『妖精の夢宮《イル・フェルリナ》』は違う。一切の害意なく、そこにあるのは真逆の感情だけ。行動を抑制する意図もなく、まさしく『ただ魅了するだけ』の効果を抽出し、故にニィナ自身にも気づかれることなく彼女の心に魅了《チャーム》を乗せた。

そして。


思考改変系魔法の法則、二つ目。

――『最初にかけた方が圧倒的に有利』。


上書きが極めて難しいという、その法則を応用した先んじての魅了。

それが意味するところは、一つ。

（……全部、分かって。守ってくれてた）

エルメスは、大司教の洗脳魔法が異常なことも、その牙がニィナに向く可能性が極めて高いことも全て読み切った上で。あの、予知によって凄まじく限られた状況で。大司教によって一番読まれやすいという最も不利な立場であったにも拘《かか》わらず。

その中で手を尽くした。予知が乱れたタイミングで仕込みを行い、唯一全く読まれないリリアーナに実行させることで完璧に大司教の目を掻い潜り。ニィナにも気づかせないことで完全に発覚の可能性を絶った。

そうして、このタイミング。最も重要な状況で、最も致命的な大司教の一手を潰し。

ニィナを守るべく、魅了の先がけによって彼女の心の保護を行ったのだ。

……ニィナは思い出す。かつて学園で、彼と別れた時。彼に告げられた言葉を。

『その上で――貴女《あなた》の願いが、心からのものであるのならば。貴女の想《おも》いが、誰に憚《はばか》ることのない美しく思えるものであるのならば』

『そうであるならば、頼ってください』

『その時は――必ずや、僕の力の及ぶ限りで味方になると約束します』

これまで、彼女を支え続けてきた言葉。

でも同時に……無理だろうなと思っていた言葉。この極めて彼に不利な状況下では、話をするどころか彼女に会うこと自体もまず不可能に近い状況では。どう足掻いても力になることは無理だろうと、ニィナ自身諦めていた言葉。

でも、違った。彼は、しっかりとそれを守った。話すことができなくても彼女の事情をしっかりと推察し、その上で宣言通り、力の限りを尽くして。今ここで、致命的な心の暴虐から最後の最後に彼女を守る、とびきりの魔法を用意した。

翠の壁に、もう一度触れる。すると……伝わってきた気がした。

――こんなことしかできなくてごめんなさい、と。

――辛《つら》い状況で、ずっと頑張らせてしまってすみません。でも……負けないで、と。

そんな声が、彼がこの魔法に込めた想いが、確かに聞こえた気がしたのだ。

(――そっ、か)

そして、少女は知る。己の心の在処《ありか》。自身の想いの先。

彼女が抱くべきものが、何であるのかを。


そこで、大司教の思念が叫んだ。

『は。こんなもの――何だと言うのだッ！』

もう一度、腕を振りかぶる。心の破壊を邪魔する翠の壁を破壊しようと力を込める。

……そうだ。大司教の洗脳魔法、通常手段と組み合わせたその魔法の威力は規格外。

過剰な改変が不可能な法則も、同系統の魔法持ちに効かない法則も全て貫通した。

ならば今回の、最初にかけた方が有利な法則でさえ貫通しない道理はない。

『どうやらこの魔力、またエルメスが邪魔をしているようだなぁ！　だが言っただろう、その程度で私の歩みを阻めるなどと思うなと！』

更に、エルメスはまだ思考改変系魔法への造詣は然程《さほど》深くない。洗脳魔法を長年活用してきた大司教と比べてしまえば、術者としての力量には未《いま》だ大きな開きがある。いくら先にかけたほうが有利とは言え、それを覆して奴《やつ》の魔法を破壊することは十分可能。

『さぁ、今度こそ、終わりだッ！』

その確信と共に、大司教の思念は三度目の正直とばかりに腕を振るう。

……だが。それは、あくまで大司教の魔法が十全に力を発揮できる……通常の洗脳手段が有効な状況であればのこと。つまり。

――ニィナの心が未だ折れたままであれば、という前提付きでの話だ。

『……な、ぜだ』

大司教が、再度止まる。

それはエルメスによる翠の壁に阻まれたから――ではなく。

この空間全体に満ちる力によるもの……そう、侵入者を排除しようとする、この心の本来の持ち主によるものに他ならない。

それを理解した上で、大司教の思念は前を向く。そこには、

『……なんだ、何だ貴様』

立ち上がり、今までとは全く違う表情を浮かべた、少女の姿。

その美しい金の瞳に宿るは、輝ける想いの……大司教が一番嫌いな類の、想いの数々。

『何故、そんな顔をしている！　貴様が、今更ぁ！』

嫌悪感も露《あら》わに、大司教の思念は叫んだ。

『今更立ってどうなる、何の夢を見ている、貴様ごときに何ができる！　流されるままの、

取るに足りない、何の願いもない貴様が――』

「あるよ」

だが、そこで。

今までで一番強い、確かな意志を込めた言葉で。彼女は端的に、こう答えたのだ。

「あるよ、あったんだよ」

ニィナ・フォン・フロダイトは思い出す。

彼女の心を折る原点となった言葉。今しがたもかつての弟の口を借りて放たれた、呪いの言葉。

『好きな人間の心を捻《ね》じ曲げる。そんな醜い血統魔法の持ち主がさ……どうやって、素晴らしいものになれるって言うんだい？』

それが、彼女を縛った。

この魔法が、嫌だった。ないとは思っていても、その魔法を無意識に使って悲劇を起こしそうな自分が嫌だった。そんなくだらない言い訳で、何にも頑張れず、誰とでも一定の距離をとって漫然と生きているだけの自分が嫌で嫌で仕方なかった。

……でも、本当は。だからこそ――本当は。

「あったんだ。ボクにだって、願いは」

それを、大いなる願いを持てないせいだと思っていた。

世界を懸けるような、素晴らしいものを持てないせいだと考えていた。だからきっと、ああいう場に自分はずっと立てないと線を引いていた。諦めていた。

……けれど。

それでもいいと、今、思えた。彼の魔法が、そう思わせてくれた。だから。

「あなたみたいに大きくはない。カティア様みたいに素晴らしいものじゃない。サラちゃんみたいに突き詰められるものでもない」

彼女は、自身の想いを定義する。多くのことがありすぎたせいで忘れていた、あの日の呪いから始まった始原の願いをもう一度取り出す。

「小さくて、ささやかで。あなたたちと比べるまでもなく、取るに足りなくて。

――でも、女の子なら誰だって抱く。そんな願い」

不思議な気分だった。

今の今まで、世界の終わりかってくらい落ち込んでいたのに。もう何があっても無理だと、完全に心が折れたと思っていたのに。

たった一つの魔法で、ささやかなメッセージで。あっさりと真逆の気分になって、我ながら単純すぎると笑ってしまうくらい、何だってできそうな気がしてくるんだから。

それを、人はなんと呼ぶのか。彼女は、とうの昔に知っている。

「ボクの、願いはね」

それは。

「――恋をしてみたいんだ」

『――』

「好きになった人の心を惑わせる。そんなひどい魔法を受け継いでしまった、人と関わりすぎることが怖くなったボクでも。それを全て知った上で、好きになっていい人と出会いたい」

呆然《ぼうぜん》とする、あまりに予想外の願いを示された大司教に構わず、ニィナは続ける。

「何にも本気になれないボクでも、その人のためなら何でもできるような。想いが燃え上がるような、その時の何もかもを捧《ささ》げられるような。そんな素敵な恋がしたい。そう思える人を、見つけたい。――ううん」

理解できない生き物を見るような。

随分と失礼な視線を向けてくれる大司教の思念を指差すと、ニィナは。

「もう、見つけてるんだ。だからさ」

確かな意思と、揺るがぬ願いと共に、告げる。

「どいてよ。エル君のところ、行けないじゃん」

『き、さま――！』

大司教が激昂《げきこう》する。

『そんな、そんなくだらないもので！　私の理想を！』

「くだらない……まぁ、確かにねぇ。あなたたちみたいに大きくはない、それは認めるし、間違いないよ。――でもね」

そこで言葉を区切ると、ニィナは……微笑《ほほえ》んで。

魔法なんて、なくても。全ての人を魅了するような。誰もが恋に落ちるような。

可憐《かれん》な微笑と共に、少女は告げる。

「普通の女の子はね。そういうくだらない願いのためにこそ、命を懸けられちゃうものなんだ」

今まで、こんな自分でも。どれほど地獄を見ても、どれほど心が削られても。彼のため、彼を救うためだから動けた。その過程を何よりの証拠として、彼女は宣言した。

再度呆《ほう》ける大司教に、あなたには理解できないだろうけど、と続けてから。

「だから、もう一度言うよ。どいて」

笑みを、不敵に。彼の想いを、彼のあり方を借りるように変えて。

「――その程度で、ボクの恋は阻めないから」

意趣返しの如《ごと》く。真っ向から、願いをぶつけた。

『――ッ！』

激昂が臨界に達したか、大司教の思念が言葉もなく襲いかかってきた。魅了の守りを突き破り、力ずくでニィナを洗脳の支配下に置くべく。

でも、最早《もはや》恐れは微塵《みじん》もない。

阻む。抑える。大司教の洗脳の魔法は強力で。一度侵入を許した以上、その撃退は容易ではない。彼女一人では為《な》す術《すべ》はなかっただろう――けど。

今の彼女には、彼の守りがある。それを何よりの自信として、彼女は抵抗を続け。

そして。


「――今だよ。エル君」


決戦当日。

あの日起こったことは、あくまで大司教の洗脳魔法による思念とのやりとり。

故に大司教はその内容を窺《うかが》い知れない――それを逆手に取った。

洗脳の魔法を撃退……否、単純に撃退したのであれば流石《さすが》にかかっていないことがバレる。故に一度侵入されたことを逆に利用し、同系統の魔法を持つ彼女だからこそできる調整をした。ある程度は向こうの自由にさせつつ、心の深奥だけはしっかりと守る。それによって、『表面上洗脳にかかってはいるがいつでも任意に解除できる』状態を保ったのだ。

そうすれば、そしてそこから上手《うま》く立ち回れば。

全て自らの思い通りと考えている大司教に、最後の最後で致命的な隙を生み出させる。

そう周囲の状況から予知し確信したニィナは、それを確実に成すべく決戦で立ち回った。

ある程度は指示通り進み、大司教の目を完全に欺くために一度は貫く――正直これが一番辛かったし不安だったけど、彼はすぐに理解して受け入れてくれ、それがまた喜ばしく。

結果、完璧に予知通りエルメスの魔法が炸裂《さくれつ》し、大司教の護衛手段を破壊した。

かくして、盤面の形勢は完全にひっくり返った。

最強の駒には逆に動かされ、要の駒は反転し。

一転、王手《チェック》を突きつけられた大司教に向かって。

「――お願いします」

「うん」

信頼を込めた彼の言葉に、喜びと共に頷《うなず》いて。ニィナは大司教を見据える。

……大司教ヨハンは、善意を信じない。そういう思いで動く人間は、何が何でも否定をしなければ気が済まない。

ならば、善意《それ》に倒されろ。

「――あなたの世界は、恋の魔法《ボク》で壊してみせる」

理解できなかったことが、敗因だと。そんな言外の宣言と共に、ニィナは地を蹴って。

ついに。北部反乱を終わらせる瞬間に向けて、少女は駆け出した。

◆

ニィナは駆け出す。決着をつけるために。これまで苦しめられてきた強大な敵、大司教ヨハンの唯一にして致命的な隙を突き、北部反乱を終わらせるために。

コンディションは、正直言ってかなり悪い。連日の精神的苦痛が肉体にも影響を及ぼし、加えて連続任務のおかげで疲労はピーク、調子だけで言うなら最悪に近い。

——でも。そんなことがまるで問題にならないほど、体が軽かった。それこそ、何だってできそうなくらいに軽やかに足が動いた。その、理由は。

「…………」

ニィナが胸を押さえる。

その奥、彼女の心の奥底にある彼の魔法。彼がニィナを守るために放った『妖精の夢宮《イル・フェルリナ》』。未《いま》だ温かく彼女の心を包むそれを今でははっきりと自覚して、ニィナは呟《つぶや》く。

「……もう、困るなぁ」

胸が甘く締め付けられる。頬が染まるのを自覚する。喜びが、嬉《うれ》しさが抑えられない。何故《なぜ》なら『妖精の夢宮《イル・フェルリナ》』は、効果が対象への好感度に比例する性質を持つ。

そして——それ故に。彼女の中にあるこの魔法は、拙《つたな》くとも未だ凄《すさ》まじい威力で大司教の干渉を一切許さなかったそれは。彼女の心の保護と共に、彼女だけに自覚できる確かな事実をニィナ自身に伝えてきていたのだ。

そう、それは。

「——エル君、ボクのこと大好きじゃん」

その事実が、何よりも。ニィナの状態を絶好調にして余りあるものだった。

……いやまぁ、とは言え分かっている。

それは所謂《いわゆる》親愛とか友愛とか言われるもので、彼女が彼から一番貰《もら》いたい感情ではない、ということも同時に自覚できてしまっているのだけれど。

でも、今は。あんなに失敗して、形とはいえ敵対して、ひどいこともいっぱいしてしまった自分を。それでも諦めなかった彼女を――彼がこうまで想《おも》ってくれていた。

それだけで今は、彼女の足を力強く前に進めるには十分だ。

さぁ、行こう。彼のところに戻るために、今度こそ。

そう決意を抱き、彼女は更に一歩を踏み出す。


「ふざ――けるなぁッ！」

大司教ヨハンが、怒りに満ちた表情で更なる魔道具を懐から取り出した。

途端、再開される多種多様な魔法攻撃の連続。それらは凄まじい弾幕となって今度はニィナに襲い掛かる。

……流石は教会のナンバーツーと言うべきか。

ここまで追い詰められても尚《なお》、これほど多彩な手を残していた。

長年かけてこの国を動かしてきた経験と、国中から集めてきた魔道具の数々。大司教の座は伊達《だて》ではない。流石にこの状況は読みきれなかったものの、万が一ニィナに牙を向けられた場合、万が一結界の古代魔道具《アーティファクト》が壊れた場合を想定して、予備を残しておいたのだろう。

実際その弾幕は、かつての攻撃魔法を持たない彼女を追い詰めるには十分だっただろう。

いくら想いを得たからといって、それだけで何もかも凌駕《りょうが》できるほど甘くはない。

――だが。

「なん、だ――!? 何故、何故当たらん!」

大司教の、ここでの誤算は。

――ニィナの身体能力、魔法能力を、『エルメスと出会う前』と想定していたことである。

何故当たらない、何故躱《かわ》せる、何故――そんなに速いのか。

その言外の問いを汲《く》み取った上で、ニィナは不敵に笑って答える。

「――だって、褒めてもらったもん。エル君に、すごいねって。ボクの剣を」

そう。想いだけではない。彼女は、きちんと研鑽《けんさん》も続けていた。

あれほど手酷《てひど》い家族からの罵倒を受け、剣を握るのも嫌になっていてもおかしくなかったにも拘《かか》わらず……それでも、止めることはなく。

あの日学園で、彼に出会って褒めてもらって。もう一度頑張ろうと思って、本格的に訓練を再開した。それが彼女の能力を桁違いに引き上げていた。大司教の指令では手を抜いていたゆえに、それに気づかれなかった。

大司教ヨハンは、失念していたのだ。彼女も、かつては桁外れの剣才を持った――エルメスとは別ベクトルの、神童だったということを。

それを理解させられ、徐々に、確実に迫ってくるニィナに抱いてはいけない恐れを抱き。

大司教は、それを誤魔化すように叫んだ。

「ふざけるなぁ！　あり得ん、あり得るわけがない！　この国で、そんなことが！」

必死な顔で、大司教なりの、譲れない何かを乗せて言葉を続ける。

「歴史を紐解《ひもと》けば明らかだろう、この国を動かしてきたのはいつだって無自覚な偽善者と底抜けの大悪党だ！　そんな国で、今更！　貴様らのような者たちが踏み潰されないなどあってはならないッ！　大人しく、神に従えェ！」

……ヨハンの言葉は、若干要領を得ないところもあったが。

きっと、自分たちの知らないものも見た上でのその結論なのだろう。今まではそうだったという言葉も嘘《うそ》ではないに違いなく。

そして――これからは、そうではなかったというだけの話。

……しかし。そうなのだろうなという推測を理解した上で、ニィナは答える。

「――どうでもいいよ、そんなの」

ヨハンの語ったことは、これから向き合うべきことなのかもしれない。この先自分たちが直面して、考えなければならないことなのかもしれない。

それでも、今はこう告げよう。

「今までの国なんて関係ない。あなたが唱える、これからの国の在り方だって知らない」

彼女は、ニィナ・フォン・フロダイトの願いの形はそういうものではない。彼女の戦いの場は、最初からそこではないのだ。

そう、彼女は。

「ボクはただ……好きな人のために、動くだけだからさ」

定義した心の形と共に、ニィナは確かな意志でそう口にして。

遂《つい》に、最後の魔法を躱しきり。大司教まで数歩、彼女の間合いに突入する。

ここまで来れば、勝ち確定だ。この間合いにまで侵入を許したニィナ相手では——たとえエルメスであっても抵抗はほぼ不可能。

その確信と共に、ニィナが力強く踏み込んで——

(——ここだ)

そこで。大司教ヨハンは、そう心中でほくそ笑んだ。

切り札を最後の最後まで見せないのは基本。そして向こうは近接戦闘に無類の自信を持っている。……それは、大司教自身の戦闘能力が低いと思われているのもあるだろう。

だが。

(そんなわけないだろうが馬鹿者め！)

この立場になれば、暗殺や急襲など最も警戒して然《しか》るべきもの——そしてそれらを確実に躱すためにはやはり、自分自身に戦闘能力があるのが最大の保険になる。

そしてヨハンは、そういう意味での努力を怠ったことは一切ない。故に、一発だけなら躱せる。向こうの油断を突いた上で、最低限の抵抗はできる。その上で——

(あとは、こいつの出番だ)

向こうの想定外、意識外の手札を利用する。そのための最後の手段が、今掌《てのひら》の中にある。

結界起動の、古代魔道具《アーティファクト》。エルメスの一撃によって壊された――『壊されたと向こうが思い込んでいる』魔道具を使う。

無論、無傷ではない。損害は多大で本来の力は発揮できないが……完全に壊れ切ってはいない。あと一回だけならば、結界の起動は叶《かな》う。

その一回を最大限使う。認識の空隙を利用し、向こうの攻撃を躱した隙に結界を起動、この女を結界内に閉じ込める。

向こうは魔法攻撃力がない、閉じ込めてさえしまえば脱出は不可能。そうすれば現在自分を脅かせる人間はいなくなり、形勢は再逆転する。

仮に向こうが狙いに気づいたとしてももう遅い。ここまで近づいてくれれば結界を外すことはなく、離脱も不可能。

近づいたのではなく、誘い込まれたことに気づかない愚か者。場数が違うのだと嘲笑《あざわら》い、最後の最後で再逆転をなすべく、満を持して大司教は魔道具を起動すべく手を動かし――


――止まった。


「油断するわけ、ないじゃん」

ニィナがそう告げる。

しかし大司教の意識は、最早《もはや》別の驚愕《きょうがく》と疑念へと飛んでいた。

（なん、だ……何故手が止まった。いや手だけではない、身体《からだ》の全てが動かせない、一体何が——ッ！）

身体の硬直。唐突に自身に起こったその現象に戸惑うものの……すぐに思い至る。

紛れもない、眼前の女が。それを成す手段を一つ持っているではないか。それは、

（ばか、な）

『妖精の夢宮《イル・フェルリナ》』。

対象の魅了と、そこから派生しての身体停止を誘発する魔法。それが、今。自分にかかったと言うのか。

（あり得ん！　何故——）

しかし、そこには大きな疑問が二つある。

まず、それは同系統の魔法持ちには効かないはず。洗脳の魔法持ちの大司教にそれが効くはずがない……いや、待て。

その制限は、他でもない自分が先日破ったばかりだ。ニィナの精神の壁を貫通して洗脳の魔法を送り込んだ経験がある。

ならば、そこから逆算。逆に大司教の魔法のパターンを解析して同系統の魔法を返す。所謂呪詛《じゅそ》返しと呼ばれる手法にも使われる魔法のカウンター。聞いたこともない話だが、できなくはないと同じ魔法を持つが故に大司教は理解してしまう。

（いや、だが——だが！）

だが、それでももう一つ——絶対的に不可解な点が存在する。

だって、奴《やつ》の魔法は。『妖精の夢宮《イル・フェルリナ》』の発動条件は——

「正直、本当はあんまり使いたくなかったんだけどね。あなたは強い、手を抜くことはできないから。今だって逆転狙ってたでしょ？」

その疑念に辿《たど》り着いたことを察してか、ニィナが再度口を開く。

「——ああ、言っておくけどあなたのことはもちろん大っ嫌い。でも……ほら。ボクって結構現金だからさ」

華麗に、美麗に。目を離すことを許さず、これから自分を倒す人間の存在を刻みつけるかのように。

その上で、彼女はとびきりの微笑《ほほえ》みを見せて。

「だから……最後に一言。『お礼』として受け取ってよ」

そうして、大司教は知る。善意を徹底的に否定してきた彼が。くだらないものとこき下ろし、あらゆる善意の繋《つな》がりを全て執拗《しつよう》に破壊してきたヨハンが。

それを見誤ったが故に逆転を許し、そして最後は——善意を自分自身に向けられた上で、敗北する。

それこそが、最も屈辱的な最後だと。恐怖と共に、納得してしまった。

「やめろ……」

「やだ♪」

懇願は、とてつもなく可愛《かわい》らしい否定の言葉で突っぱねられ。

顔を歪《ゆが》ませる大司教に、ニィナはそれだけで全てを魅了するような笑顔と共に。

「——ボクをエル君と出会わせてくれてありがとうね？　大司教様」

「き、さまァ——————ッ!!」

絶叫するも、最早全ては遅く。

何もできない大司教を、ニィナの鋭い剣閃《けんせん》が一息に斬り裂いて。

それが、北部連合の歪《いびつ》な要を全て破壊する、決着の一撃となったのだった。

◆

「……お見事です」

ニィナの剣閃が大司教ヨハンを深々と斬り裂いたのを確認し、エルメスは呟《つぶや》いた。

死んではいないだろう。あの大司教は殺すには色々なことを知りすぎているし、『この先』を考えれば今は殺さないほうが都合が良い。ニィナもその辺りは理解している。

だが。それでも戦闘続行不可能、生命維持が危ういほどの重傷を負ったのは間違いなく。

——そんな状態で、洗脳の維持ができるはずもない。

「……な、んだ、これは」

「どうなっている、一体何が……!?」

戦場のそこかしこで、そんな声が聞こえる。

大司教が血統魔法で支配していた人間のものだろう。当然だがどれも隊長格——部隊への影響力が大きい人間ばかりで、戦場は打って変わって一時的な混乱に陥っている。

……この状況も、予想はしていた。

故に、ユルゲンに対処は頼んである。ハーヴィスト領の兵士たちに矛を収めるように頼んで、休戦の提案が戦場全体に素早く行き渡るよう指示を発してもらう手筈《てはず》だ。

一からの状況説明は流石《さすが》にこの場では難しいだろうから、これが最善。事実すぐに、戦場は戸惑いを残しつつも収束に向かっており、落ち着きを取り戻しつつある。

後は落ち着いてから北部連合にこれまでの経緯を説明、それでこの北部反乱は終了だ。

エルメスの仕事も終わり、ここからは見守っていれば良い……いや——

「エルメスさんっ！」

と、そこまで考えたところで切実な声。見ると、意識を取り戻したらしいサラがエルメスのところに駆け寄ってきていた。

そのまま彼女は、泣きそうな表情でエルメスのそばにかがみ込む。

「ひどい怪我《けが》……すみません、わたしのせいで……っ」

「……あー。いえ、大丈夫です。むしろ色々と申し訳なかったのはこちらと言うか……」

……そうだ。作戦上仕方なかったとは言え、サラにはニィナの洗脳解除を伝えていない。

つまりサラは本気でニィナを止める気でそれが叶わなかったということ。

こちらとしては——失礼だが彼女が負けることは織り込み済みで、むしろ本気で止めようとしてくれたおかげで大司教を騙《だま》せたのだから感謝するべきなのだが……彼女が、それを気に病まないはずもなく。

その美貌を悲哀に歪め、全力で『星の花冠《アルス・パウリナ》』を起動して傷を治してくれるサラに対してどう説明したものかと悩みつつ、それでもいずれきちんと事情を説明しようと決心するエルメスだったが。

「——すみませんが、それも後で」

「……え?」

そう告げて。戸惑うサラに一つ頭を下げ、ある程度動けるまでに回復した身体で立ち上がる。

多少きついが構わない。だってこれからの相対で、座ったままでいるのは間違いなく失礼にあたる。何故《なぜ》なら、

「……見事だった」

エルメスが向けた、視線の先。

北部連合騎士団長ルキウスが、剣を手にしたまま静かにこちらを見据えていたから。

……いくつか、疑問はあった。

ルキウスは話の通じる人間だ。故にエルメスは、順番にそれを問うていく。

まずは一つ目、ルキウスがこの場にいる理由。

矛を収めた……にしては来るのが早過ぎる。すなわち、導かれる結論は一つ。

「──カティア様を、突破してきたんですね。……どうやったんですか？」

それ以外に、あり得ない。

そしてそれをこの短時間で成し遂げたことに対し、割と本気の疑問を持ってエルメスは問いかける。ルキウスはその問いはもっともだと頷《うなず》いて。

「ああ、名高きトラーキアのご令嬢……想像以上、噂《うわさ》に違《たが》わぬ強敵だった。あの霊体の使い魔は凄《すさ》まじいな。術者にも簡単に近づけさせず、一体一体が並の魔物を遥《はる》かに凌駕《りょうが》する上に、何より……斬っても斬っても新しく湧いてくる。恐らく『繋がり』がある限り、何度でも召喚できるものなのだろうな」

そう、『足止め』という役割をするにあたってカティアの最も厄介な点はそれだ。その幽霊兵による無限召喚の物量攻撃はいくらルキウスとは言え簡単に突破できるものではない、どうやって──と首を傾《かし》げるエルメスの前で。

ルキウスは、端的に告げた。

「──だから、その『繋がり』ごと斬った」

「…………はい？」

エルメスですら、一瞬思考が空白になり首を傾げる答えを。

それを見て、ルキウスは説明が足りなかったかと続けて。

「だからあれだ、ご令嬢と霊体の使い魔を繋ぐ思念か魔力線か……まぁそういう類のものが視《み》えたのでな、それごと、ずばっと」

「……いや、その、えっと」

「ああ、心配するな。あくまで一時的に召喚できなくなるだけだし、それで無力化したからご令嬢には傷ひとつつけていないぞ」

そうして促されて向こうを見やると、確かにカティアが無傷で、けれど周囲に幽霊兵がおらず、驚きと不満が等分に混ざった様子で座り込んでいる。

傷ついていないことには安心したが……いや、それより。

「あの、すみません、ちょっと言っていることが理解できないんですが……思念？　魔力線？　いや確かにあるんでしょうが……え、それって斬れるものなんですか？　具体的にどうやって？　斬撃に特殊な魔法を乗せたとか、いやでも、ええ……？」

ある意味で珍しく。あまりに未知すぎる現象を前に狼狽《うろた》えるエルメスに、ルキウスが難しそうな表情で首を傾げると。

「ううむ……そう言われても私にはこれ以上は……まあ、とにかくだ！」

居直ったように胸を張ると、高らかにこう告げた。

「なんか視えた、斬れそうな気がした、だから斬った！　以上だ、それ以降のことは知らん、すまんな！」

「…………はは」

そして、その様子を見て……エルメスは、思わず笑う。

きっと、彼の言うことに間違いはないのだろう。彼は本当に言葉通り、彼自身にすら理解できないままに偉業を成し遂げたのだ。

それは──結果だけを見れば血統魔法使いと同じだが、恐らく根本的に違う。

血統魔法のように何もせず与えられたものではなく、彼自身の弛《たゆ》まぬ修練、言い表せないほどの膨大な鍛錬の果てに。

言語化するより先に直感で最善手を摑み取る。その境地まで辿り着いた、怪物。

「──」

エルメスは戦慄する。

そうだ。この世には未《いま》だ、彼の知らないことがたくさんあって。彼が理屈で積み上げて辿り着くそれを、理屈抜きで一足飛びに手にしてしまう人は確かに存在する。

──本物の『天才』とは、こういう人間のことを言うのだと。

「……いずれ、その原理については是非解析させていただきたいですね」

未知への高揚と、眼前の勇士への敬意と共にエルメスはそう呟いて、次の質問へと移る。

「ルキウス様。洗脳、もう解けてますよね？」

「……ああ」

「では」

今の彼にとって、最も重大な質問を。

「――何故。未だ剣を構えているのですか？」

「…………」

その問いを受けたルキウスは、先ほどまでのどこか緩い雰囲気を潜めて。

静かな――確かな威厳を込めた声色で、続ける。

「……ああ。全て理解しているとも、私があの大司教殿の毒牙にかかっていたことも、北部連合全体がそれによって操られ……北部反乱自体が、それによって起こされていたことも。

貴殿らには迷惑をかけてしまった、償い切れるものではない。特に……我が妹ニィナには後で全霊の謝罪をする。その結果どんな処罰を与えられても受け入れよう」

「……」

「――だが」

己の咎《とが》も、責任も。全て自覚した上で、ルキウスは続ける。

「ことの経緯を知っていれば、私でも理解はできる。……君たちの目的は、この北部一帯を……我々さえも従え、第一王子殿下に対抗する戦力を得ることだろう？」

「……ええ」

エルメスの返答を聞くと、再度ルキウスは顔を上げ。

「ならば――どうか我が申し出を受けられよ。一騎打ちを」

「！」

「北部は実力主義だ、私のようなこの国の常識から外れた能力でも、強ければ上に立つ。……逆に力で劣る人間の命《めい》では、真に心を得ることはできない」

確かな理性と、揺るがぬ信念と共に言葉を紡ぐ。

「『北部反乱の責任を取って従う』――ああ、それでも十分だろうし、私だけであればそれでも全く構わない。だが……それでは我が配下の人間は、心では納得できないだろう。とりわけ大司教の影響下になかった――今回、非のない兵士たちにとっては」

「……なるほど」

「そのための儀式を、最後に頼む。勝手な物言いであることは理解している。……だが、どうか我々に、歪な支配の崩壊によるなし崩しの敗北ではなく、戦いの果てに誇り高き敗者となるための儀式を。……まぁ、つまりだ」

そこでルキウスは言葉を区切り、精悍《せいかん》な表情に確かな光を浮かべ。

剣を突きつけると共に……一息に、告げた。

「――真に北部《われわれ》連合の忠誠を得たくば、まず連合最強《わたし》を倒せ」

最後に一つ、苦笑をこぼして。

「暴論だとは、私自身も思うよ。……だがすまんな。我々は、そういう面倒くさい生き物なのだ。どうか、無茶を承知で頼む」

正しく、理解する。

現状のような、北部連合の兵士たちにとって訳が分からないままの敗北ではなく。関わる人間全てが納得できる、北部反乱を正しい形で『終わらせる』ための、儀式としての一騎打ちを。そうしなければ、何より己の配下が、北部連合が納得できない。

その想《おも》いを代弁した上で、その身勝手を理解した上で。

それでも配下の想いを納得させるための、こちらの力を見せる機会をルキウスは望んでいる。勝手の責は、己の我儘《わがまま》という形で全て背負うと宣言して。

「……」

……気がつくと。

戦場の注目は全て、こちらに集まっていた。北部連合の人間は、全員ルキウスを見ている。

彼らにとっては訳の分からない状況だろうが……それでも理解したのだろう。対峙《たいじ》するルキウスとエルメスの二人が、この北部反乱最後の天王山だと。

それを理解させるのは、それを成すだけの人徳を、実績を、力を。これまでのルキウスが、確かに積み上げて来たからだろう。

それこそが、ルキウス・フォン・フロダイト。

正しく人の上に立ち、人の想いを背負うもの。

——再度、その在り方に戦慄するエルメスに対し。

ルキウスは再び雰囲気を和らげると、こんなことを言ってきた。

「……付け加えると、だ」

「？」

「私としても、君との再戦は心待ちにしていてね。そういう意味でも『我儘』なのだ。

──それに、君も」

そして、どこかいたずらっぽい。年齢にしては稚気の強い……けれど不思議と似合う、悪童のような笑みと共に。

「──私にリベンジしたい。そう顔に書いてあるぞ？」

「！」

「ならば誇りにかけて受けようではないか。用意してきたものがあるのだろう？　是非ともそれも見せて欲しいものだ！」

……そうして、再度エルメスは理解する。

この青年は、自分の配下の想いも、そしてエルメスの想いすらも把握した上で。

ある種の謝罪として。己の責も、己の罪も厭《いと》わず──この場を用意してくれたのだと。

「……はは」

また、笑みが溢《あふ》れる。だって──全部、図星だからだ。

今までそれどころではなかったけど、本当は。

この北部反乱の最初、ルキウスに手も足も出ず敗北して悔しかったことも。いつか再戦したいと思っていたことも。大司教相手の作戦が失敗した時の予備として……でも実は、『対ルキウス』を想定して開発した魔法があることも、全部。

……最後に、後ろを見やる。そこには彼の仲間が勢揃《せいぞろ》いしていた。カティア、サラ、ユルゲン、アルバート……少し離れたところにニィナも。

そして、最後に。同じく上に立つものとして代表のリリアーナが。

──師匠にお任せしますわ、と。静かに、全幅の信頼を寄せた表情で、頷いてくれた。

「……感謝を」

そんな彼女たちに。加えて何より……ルキウスに。ニィナが慕い、北部の英雄となるに相応《ふさわ》しい器を持つ傑物に対する心からの敬意と共に、エルメスは告げて。

「──受けます、どうか再戦を。……僕たちは、リリィ様たちは、貴方方《あなた》の上に立つに相応しい存在であると、勝利を以《もっ》て証明しましょう」

「素晴らしい。──ああ、無論全力で行くぞ？　やれるものなら、やってみると良い」

同時に、二人が魔力を解放する。その圧倒的な威圧に、周囲の人間全員が激戦を確信し。

最後の激突が、始まった。

◆

さて、と構えを取りつつエルメスは考える。

――つまるところ、これは見せ試合《エキシビジョンマッチ》だ。

北部連合は崩壊した。その歪《いびつ》な指導者であった大司教の打倒によって全てが崩れた。既にサラが最低限の処置を施した上で結界内に幽閉してある以上それは揺るがない。

そして大司教に洗脳されていた高位の隊長格が正気を取り戻したため、最早《もはや》北部連合に戦う理由はない。

……だが。それはあくまで『洗脳されていた人間』にとっての話。

大多数の、正気だった一般兵士にとってはそうではない。急に「悪い、命令を出す側が操られてたみたいだ。だから終わり、お前たちの負けな」と言われてすぐに納得できる人間は少ないだろう。実力主義の気風が強いのであれば尚更《なおさら》に。

だからこその、この試合。きちんと戦ったことを示すことが目的であり、向こうが納得できるだけの実力を示せば十分。その意味では勝つ必要すらない。

無論勝つのが一番良いが、エルメスの実力であればそれを十全に示せば向こうは否応《いやおう》なしに納得するだろう。勝ち負けを決める必要はなく、何なら適当なところで切り上げれば良い。普通に戦えば、目的は十分に叶《かな》う。

故に、結論――怪我《けが》を押してまで、無理してルキウスを打倒しにかかる必要はない。

しかし。

（……何だろう、なぁ）

それをしっかりと理解した上で、エルメスは思う。

――これまで、彼にとって対峙する相手は『倒すべきもの』だった。

思想的に否定しなければいけない相手だったり、嫌悪を抱く相手だったり、そもそも生物的に相容《あいい》れない存在だったり。打倒することに迷いのない相手だけを倒してきた。

でも、ルキウスはそうではない。話は通じる。思想的には共感もできるだろう。感情的には敬意すら抱いている。

なのに、何故《なぜ》か。どうしてか、これまでの中で一番強く。

エルメスは――こう、想うのだ。

(この人を――倒してみたい)

「！」

エルメスの戦意、気配の変化を感じ取ったのか。

ルキウスも構えを取る。――その口元に、自分でも今まで見たことのない高揚の笑みを浮かべ。

「行くぞ？」

「いつでも」

短い言葉を交わして。

北部反乱、最後の激突が幕を開けた。

大地を割るほどの踏み込み。そこから生み出される力を余すところなく推進力に変換し、

ルキウスの神速の突撃が迫る。

「――」

エルメスも、下がりながら迎撃を開始した。まずは詠唱のいらない強化汎用魔法。単純な、されどそれだけでも並の魔法使いを軽々凌駕《りょうが》する魔法の数々が迫る。

しかし――相手はルキウスである。

「はっはぁ！」

突撃の勢いのまま。

寸分違《たが》わぬ、精密な剣捌《さば》き。加えて『魔法を斬る』という彼固有の異能。

それにより、次々襲いくる致命の魔法を全て叩《たた》き斬って正面突破。エルメスの魔法は僅かな足止めの役割しか果たさず、当然勢いを止めるには到底至らない。

……無論、エルメスもそれくらいは分かっていた。

眼前の青年は、カティアすら突破した怪物。

彼自身にも把握不能な原理によって、恐らくは魔法に属するものならなんでも、斬れる、正真の異端《イレギュラー》。そういう絶対的な『ルール』を持つ化け物だと認識した方が良い。

故に。それを踏まえた上での――対策を、ここまで行ってきた。

……思えば、彼は王都で政変《クーデター》が起こって以降、こういう直接的な魔法の対決ではほとんど負けっぱなしだったように思う。王都で魔法の軍隊を相手にした時然《しか》り、大司教との初対峙然り、何より……このルキウスとの、初戦然り。

そして。その敗北を経て、自身の不足を認識した上で。

——『何も進化していない』など、彼に限ってあり得ない。

「……術式再演」

そんな確かな結果と、積み重ねた足跡と自負を乗せて。

強化汎用魔法によって稼いだ僅かな時間を最大限使って、出し惜しみなく。

エルメスは——切り札を、解放した。

◆

（——来る）

魔力の動きと高まりによって、ルキウスは直感した。これからエルメスの最大の一撃が来る、と。

元よりこの戦いは、双方消耗した状態で始められたものだ。サラにある程度治療してもらったとは言え直前に大怪我を負ったエルメスに、ルキウスとてあのカティアを突破したのだ、相応に魔力体力を消費している。

それによって、探り合う余裕が双方にない以上……短期決戦は、共に望むところ。

（さあ、何だ!?）

大技の予感に、ルキウスは高揚を隠さないまま。一層強く剣を構え、何がきても対応できるよう用意する前で――エルメスは、その魔法を告げた。

「術式再演――『魔弾の射手《ミストール・ティナ》』」

（…………何？）

困惑した。

何故なら、確実に大技を撃つ構えや魔力だったエルメスが宣誓したのは、魔弾の射手《ミストール・ティナ》。

エルメスが最も慣れ親しんだ――しかし裏を返せば、何の変哲もない普通の血統魔法。

あの構えから放たれるには、あまりに普通。どういうことだ、と眉を顰《ひそ》めるルキウスの前で、エルメスは……ある意味で更なる驚きの行動にでた。

魔弾を、彼の背後に散らばるそれを――収束させ。

一つの大きな魔弾にした上で……一息に、ルキウスに向けて発射してきた。

（――なん、だ？）

ルキウスは困惑した。

エルメスのやったこと自体は特殊ではない。効かない攻撃を多く放つより、強大な一撃を一挙にかました方が効果的な場合はある。

だが――ことルキウス相手に限っては、それはこの上ない悪手。何故なら、

（こんなもの……『斬ってくれ』と言っているようなものではないか）

そう、ルキウスは魔法を斬れる。

ならばエルメスの今の攻撃は、それこそ『的を大きくした』ようなもの。ルキウスに

とってはこの上なく都合が良い。

無論、収束した分威力は強大だし速度も油断できない。斬る上で相応の集中は必要になるだろうが――逆に言えばその程度。

そして、一度これを斬ってしまえばエルメスは致命的な隙を晒《さら》す。魔弾全てをこの一撃に注ぎ込んだ以上次の魔弾の生成然り、別の魔法の詠唱然り、ある程度の時間が必要になり……その隙を逃すルキウスではない。

（強力な魔法なら、斬れないとでも思ったのか？――それは、流石《さすが》に私を舐《な》めすぎだ）

迫り来る強力無比な一つの魔弾。されど全く問題ない、と経験も直感も告げている。

それに従うままに、ルキウスは構えを取って。集中と共に魔法を斬り裂き、そこから無防備を晒すエルメスに決着を叩き込むべく剣を振りかぶり――

その、瞬間。エルメスが、こちらに指を向け。続けて――口を、開いて。

「――【落ちろ《フリズスキャルヴ》】」

あり得ない、『詠唱』を行った。

直後。『魔弾の射手《ミストール・ティナ》』がルキウスに着弾する――と、全く同時に。

『流星の玉座《フリズスキャルヴ》』が、ルキウスめがけて降り注いだ。

「何、だと――ッ!?」

これには、さしものルキウスも反応が遅れた。咄嗟《とっさ》に狙いをより脅威度の高い『流星の玉座《フリズスキャルヴ》』に変更。そちらを斬ることには成功するが、当初の『魔弾の射手《ミストール・ティナ》』までには手が回らず、そちらは汎用魔法の結界で防ごうとするが……

「ッ──!」

相手は血統魔法、しかも一箇所に収束させ突貫力が上昇した代物。

ろくに防げるわけもなく──直撃。病葉《わくらば》の如《ごと》く、ルキウスを吹き飛ばした。

(ばか……な……っ)

それでも、ルキウスとて歴戦の英傑。直撃までの一瞬未満の隙で、身のこなし、魔力操作、全てを駆使してダメージをあの場でできる最小限に抑えて。

尚《なお》手痛いダメージを受けつつ……それでも立ち上がり、初めて、愕然《がくぜん》とした表情を見せた。

理由は、当たり前だが今しがた起きた──エルメスが起こした現象。

そこにはルキウスが対処できなかった理由、決定的な認識のずれがあった。それは、

(彼──エルメスは、『血統魔法の同時起動』ができないのではなかったのか!?)

彼が事前に得た情報ではそうだったはずだ。ならば、この北部反乱の中でできるようになった？──否、だとすればあの大司教との戦いでもっとましな立ち回りができたはず。

ならば、もっと別の要因。血統魔法の同時起動ではない何か。そうだと言っている自身の直感に従い、ルキウスは魔力感知と今しがた起きた現象の分析、そしてエルメスが発し

た不可解な詠唱から……答えに、辿《たど》り着く。

「……まさか」

とは言っても、把握したルキウス自身信じられないことではあった。

それを示すように愕然とした表情を崩さず――ルキウスは、こう言い放った。

「予め詠唱しておいた血統魔法を、時間差で解放した……のか？　いやいや、そんなことが可能なのか――？」

◆

即座に正答へと辿り着いたルキウスに称賛を示しつつ、エルメスは呟《つぶや》く。

「……流石。正解です」

――。

敢《あ》えて名を付けるならばそうなるだろう技術が、エルメスがここに来て新たに取得したものだ。

内容は今ルキウスが言った通り。血統魔法の詠唱を予《あらかじ》め済ませておいて、それを保持《ストック》。時期に応じて僅かな文言で解放するというだけの技術。

だが……これの優れた点であり真髄は、他の血統魔法を起動している最中でも保持できる、というところにある。

それが、今の事象。『魔弾の射手《ミストール・テイナ》』の着弾と同時に、『流星の玉座《フリズスキャルヴ》』の攻撃を合わせる結果に繋《つな》がっているのだ。

そもそも、言ったようにエルメスの弱点は血統魔法の同時起動ができない点。そこから派生した、『魔法を切り替える際にいちいち詠唱し直さなければならない』点だ。

それ故に、魔法の切り替えのタイミングが彼の隙になっていた。

……今までは、それでも問題なかったのだ。それで倒せる相手しかいなかったし、何より彼の本質は魔法の探究、『より良い形で魔法を再現する』こと。故にそのために必要なコスト、詠唱をはじめとした『手間』は彼の中である種軽んじられてきた。

しかし、そうも言っていられなくなった。彼の存在が国に知られ、効果的な対策を打ってくるものが現れた。弱点を放置したままでは、勝ちきれない相手が現れた。

——ならば、進化することを躊躇《ためら》う彼ではない。

そうして、辿り着いたのがこの答え。自分の欠点を把握し、分析し……加えてこの北部反乱、リリアーナの発想を基に開発した魔法により、『魔法を簡略化する』という今までの彼になかった方向性のコツを摑《つか》んだ結果、副産物として生み出された技術。

遅延詠唱《ディレイ・スペル》。

ニィナを中心にした作戦が失敗した時に、予備として大司教を倒すためにとっておいた第二の刃《やいば》であり——けれど本当は、ルキウス対策のために開発した彼のとっておきだ。

何故《なぜ》なら……と考えエルメスは、再度立ち上がって剣を構えるルキウスに向けて告げる。

「……正直、初見で倒すつもりだったんですが、曲がりなりにも対応されたのは若干傷つきました。──でも、それならまた繰り返すだけです」

それで十分、種が割れたとしても問題ないという確信が彼にはある。

……ルキウスは、理不尽の権化だ。

魔法なら何だって斬れてしまうという、絶対的なルールの具現。それに躍起になって対抗しようとすれば、理不尽に蹂躙《じゅうりん》されるだけだ。

──ならば、同じことをこちらもすれば良い。

ルキウスの実力をもってしても、どうしようもないほどの理不尽を。絶対的なルール、不可能を押し付ければ良い。その考えのもと、辿り着いた彼の答え。

「……いくら貴方《あなた》が凄《すさ》まじい身体能力と、魔法を斬れる異能を持っていても。──魔法を斬るための剣は、一本だけだ。なら問題ない」

それは。

「だって、いくら貴方でも──右と左を完全同時には斬れませんよね？」

「──」

それこそが極めて単純、故に対策不可能な、ルキウス攻略の手口。

すなわち──『別方向から全く同じタイミングで血統魔法を二つ叩《たた》き込む』。

ルキウスの動きをある程度誘導し、回避不能な状況を作り出し。強力無比な魔法のどちらかは絶対に食らってもらう、という意思を押し付ける。

今のエルメスなら、それができる。というか……そのためにこの技術を習得したところすらある。

彼の魔法を。想《おも》いの結晶を。人生を懸けて、辿り着いた一つの成果を。

無造作に斬り裂くだけなど許さない——という、まぁ、意地だ。

「…………」

そして、あまりにあまりな、暴論に近い攻略法を聞かされたルキウスは、流石にしばし呆然《ぼうぜん》とした後。

「——はっはっは」

思わず、と言ったふうに笑った。

嘲る意図はなく、馬鹿にする意思もなく。

ただただ単純に——この上なく喜ばしいものを見たという声色で。

「……私は、よく脳筋と揶揄《やゆ》されるたちでね。周りからしょっちゅう——というか多分妹から一番言われていたのだが」

そのまま、続けて。

「全く心外じゃないか。だって——如何《いか》にも頭脳派な君ですらこうなのだからな！」

「それこそ心外ですね。僕はこの上なく論理的に考え抜いた結果この結論に辿り着いたのですが」

対するエルメスも、半ば本気——けれどもう半分は、彼にしては珍しいどこか軽口のような響きと共にそう返す。そんな様子に後ろのカティアたちが驚きを見せるが……さしものエルメスも今はそれに気づくことはない。

そして、会話を終えて戦いを再開する頃合いと双方が承知する。

構え直す両者、そんな中で……ルキウスが、改めて。

「……最後に一つだけ。君にとっては訳が分からないだろうし、いきなりこんなことを聞かされても驚くだけかもしれないが」

これも、今までとは違う。どこか柔らかな……万感の思いを感じさせる声色で、一言。

「これだけは、言わせてくれ。──私は、君のような魔法使いを待っていた」

「…………はい、光栄です」

確かに、分からなかったけれど……きっと、彼なりの葛藤や足跡の果ての言葉だということはきちんと理解できたので。

エルメスは、そう本心と共に返し。ルキウスが笑みを尚更《なおさら》──加えて不敵な、これまで以上の戦意を宿したものに変え。

再度、互いに地を蹴って。既に、その場の全員が目を奪われる──あまりにも激しく輝かしい激突が、再開するのだった。

◆

自惚《うぬぼ》れかもしれない。過剰認識かもしれない。

けれど、ルキウス・フォン・フロダイトは。ある時から、こう思うようになった。

——強くなりすぎた、と。

いやまぁ、相性の問題もあるだろう。

ユースティア王国は魔法国家。そんな国において、何故かは分からないが『魔法を斬れる』という異能を鍛錬の末に習得してしまった自分はこの国のあらゆる強者の天敵となり得る存在だ。

……だが、それを抜きにしても。この異能故だろうか、魔法の本質を感覚的に理解していたルキウスは——こうも、同時に思っていたのだ。

この国の魔法は、何もかも全部、血統魔法でさえも。

——とても、つ、ま、ら、な、い、と。

どの魔法を斬っても感覚が変わらない。感じるのはいつも同じ……ひどく固定化されて、窮屈で、ただ強いだけでなんの発展も変化もないのっぺりとした代物。

それが、彼にとってのこの国の血統魔法に対する認識だった。……自分の魔法ですらも、それは例外ではなく。

多分それも、自分が剣に傾倒するようになった理由の一つなのだろう。

そして剣を極める道に踏み入った以上、強者との立ち合いを求めるのは性《さが》のようなものだ。

そんな彼にとって……この国で強者とされる魔法使いたちが、軒並みつまらない魔法しか使わず。自分にとっては取るに足りない斬り伏せられてしまう存在であることに、ひどく退屈を感じて。

きっとどこかに、それだけじゃない魔法使いもいるはずだと信じて……故郷を出て、王都の名高い血統魔法使いに会いに行ったこともあった。

けれど、彼の期待に反して——どころか王都の魔法使いほど余計にその傾向は強く。

極め付けは次世代の王者、世代最強の血統魔法使いと呼ばれる第二王子アスター殿下に運良く謁見が叶《かな》った時。アスターはルキウスの剣を見てこう言った。

「ふん、なんだそれは。今更剣を扱うなど前時代的極まりない。

こ、こんなもの、戦うまでもないわ！」

同時に、彼の魔法を見てルキウスも思った。

(ああ……多分、勝てるな)

当然。ルキウスの認識の方が正しく。アスターの言葉はお得意の捻《ね》じ曲げ、ルキウスの剣からただならぬもの……自分が負ける気配を無意識に感じ取ってしまい、それと周りの認識を都合良く誤魔化すための言葉に過ぎなかったのだが。

ルキウスはこの瞬間、分かってしまった。——世代最強でも、こんなものかと。

ここで決定的に、今の国における血統魔法使いの上限を理解してしまったのだ。

故に、その後アスターの不興を買い、今後一切王都に近づくことを禁止されても……さしたる感慨も抱かず、ただ、残念さだけを残して王都を去った。

……仮に『魔法使い』でない自分がアスターを倒したとしても、混乱を生むだけで何も変わらない。そのことも、理解できてしまったから。

――無論、それで不貞腐《ふてくさ》れて自暴自棄になるような真似《まね》はしない。

貴族に生まれた身としての責務はきちんと理解していたし、鍛え上げた力をもって民を、領地を守ることにも誇りとやりがいを感じていた。

幸い、剣を馬鹿にする一部貴族と違ってフロダイト家の両親は自分の力を称賛し、家族として大事にしてくれた。色々と思惑もあったのだろうが、孤立が過ぎる自分を見兼ねてという理由も込みで可愛《かわい》い妹まで引き取ってくれた。

北部での自分の生活は、紛れもなく充実していたものだと言えるだろう。

……でも、それでも。

心のどこかで、時が経《た》つほど大きくなる渇きと願い。強靭《きょうじん》な精神力を持ちながらも大司教の洗脳を許した心の隙となってしまうほどの、強烈な渇望は未《いま》だあって。

いつか、いつの日か。

この、つまらない国を。つまらない魔法の数々を。自分ですら打ち破れなかった、どうしようもないこの風習を。

痛快に壊してくれる、変えてくれる。そんな鮮烈で、痛烈で。

何より、強い魔法使いが。現れてくれないものかと、どこか願い続け――

その具現が、今。目の前に、いる。

(……はは)

魔法の直撃を食らったのはいつぶりだろう。凄まじい威力だった。魔力を回して必死に防御したが何の意味も成さず、激痛と共に全身が軋《きし》む。

——最高だ。

「——私は、君のような魔法使いを待っていた」

故に、告げる。万感の思いを込めて。

間違いない。洗脳されつつも初対面の時から予感し、今この瞬間確信した。

分かる。鍛錬の末に直感で正解を摑み取る能力を手にしたルキウスだからこそ分かる。

彼は、エルメスは。

自分が焦がれてやまなかった——この国の魔法使いの、『正解』の形だ。

「…………はい、光栄です」

エルメスも、ルキウスの過去を知らないだろうがそう答えてくれて。

喜びつつ、同時に思う。

(……もう、いいな?)

北部連合の兵士たちは全員、ルキウスの強さを知っている。

その自分に、ここまで手傷を負わせて追い詰めた。その事実に彼の魔法の派手さも相まって、この場にいる全員が既に彼の強さを認めただろう。……こんな魔法使いを擁する相手に負けたならば、納得できると。

すなわち、この戦いの最大の目的。明確な強さを見せることで納得を促し、終わった後の反発を抑える点は、既に達成された。

……そう、ならば。それならば――とルキウスは。

確かな願いと、何より自身の渇望に従うままに。地を蹴ると共に、告げた。

「ここからは――勝ちに行ってもいいいな？」

「え」

微《かす》かに瞠目《どうもく》するエルメスの前で、ルキウスは更に魔法を回し――加速。傍目《はため》には消えたのではないかと思うほどの加速と共に、一挙にエルメスへと迫って剣を振るう。

「ッ！」

間一髪。

結界の汎用魔法を展開したエルメスが、すんでのところで剣閃《けんせん》を遅らせてその隙に離脱。即座の判断で魔法を撒《ま》いて距離を取りにかかる。

「甘い」

しかし、ルキウスは再度その全てを斬り裂いて突撃を続ける。その動きは初対面時と――そして先ほどと比べても更に一段速く。

……今まで、手を抜いていたわけではない。

ただ、北部連合騎士団長としての立場。この戦いの思惑。そして身勝手に巻き込んでしまった罪悪感。

目的が達成された今――一瞬だけ、その一切を捨てた。

結果、心の方向と動きが完全に一致し。加えて願いが叶う高揚感が、更に体を前に動かす。

有り体に言えば……『絶好調』になったのだ。

北部の怪物の、誰も見たことのない正真正銘の全力全開。それが容赦なく、エルメスに襲い掛かる。

「――」

だが。

エルメスは、即座にそれに対応した。

己の中の認識を瞬時に修正し、これまでルキウスに抱いたイメージを一切の躊躇《ちゅうちょ》なく破壊し。新たな認識を一から作り直し、再分析を開始する。

程なくして……ルキウスが押していたかと思われる戦局は五分に戻った。

（……ははッ）

それを見て、ルキウスも戦慄する。

眼前の少年の、自分とは違う異能の正体に思い至って。

（なるほど、凄《すさ》まじいな。この少年――適応能力が異常に高い！）

恐らくは、生来の冷静さと分析をひたすら続けてきたことによって獲得した能力。

それによって、本来この国ではあり得なかったはずのあまりに多彩な魔法を扱い、この北部反乱でもあらゆる困難を打破してここまで辿《たど》り着いたのだろう。

エルメスが、具体的に何をしてきたのかルキウスは知る由もない。

でも……そのことだけは、間違いないと思えたし。紛れもない、敬意も抱いた。

——この国に、こんな魔法使いがいたのか。

どうやって現れたのか、どうして今まで現れなかったのか。その能力をどこで鍛えたのか。

気になることは尽きないが……今は、どうでもいい。

そう、今は、ただ。

(この少年に……勝ちたい)

その、純然たる意思だけを抱いて。

更に魔力を全開に、更に動きを研ぎ澄ませ。その刃《やいば》を届かせるべくルキウスは地を蹴り、エルメスは更なる思考と頭脳、魔法によって迎え撃つ。

——いつしか。

周囲の全員が、敵も味方も忘れてその光景に見入っていた。

剣と、魔法のぶつかり合い。剣で魔法を斬り裂く青年に、無数の血統魔法を自在に操る少年のせめぎ合い、凄まじく動的な拮抗《きっこう》状態。

この国においてはイレギュラーである要素だらけのその光景は、鮮烈で苛烈で……けれど何より美しく。

全員が、見惚《みと》れると同時に予感したのだ。

この反乱と、そこでなされた変化と進化。それらの集大成である、この激突を通して。

あり得ないことが、途轍《とてつ》もないことが当たり前になる——紛れもない、変革の予感を。

故に誰もが、固唾を呑《の》んでただ純粋に。勝敗の行方を、見守っていた。

そして、遂《つい》に。『その瞬間』がやってきた。

（来る——！）

ルキウスが予感する。

度重なる多種多様な魔法の弾幕。それに押されてルキウスの対処が僅かに遅れたその空隙を突いて。エルメスが詠唱を開始するのが、視覚と魔力からはっきりと分かった。

そして、その予感に違《たが》わず。

詠唱を終えたエルメスが——決着の魔法を、解禁する。

「術式再演——『火天審判《アフラ・マズダ》』」

選択されたのは、『火天審判《アフラ・マズダ》』。

第二王子アスターの血統魔法が……されどかつて見たアスターのそれよりも遥《はる》かに高い威力と共にルキウスへと迫り来る。

同時に、頭上でも魔力の胎動。エルメスによって保持《ストック》されていた『流星の玉座《フリズスキャルヴ》』が解放され、これも桁外れの威力と共に降り注ぐ。

着弾は、完全同時。躱《かわ》すことは不可能で、対処には斬るしかない。そういうタイミングを見計らい誘導された。

よって、どちらかは確実に食らう。エルメスが編み出したルキウス対策は完璧で、ルキウスは二つの魔法のうち片方を受ける以外の道はない――

（――完全に同時なら、な！）

だが、当然。ルキウスも、一度食らった技をむざむざ二度食らう真似はしない。

そもそも、完璧に同じタイミングで二つの魔法を調整するというのが桁外れに繊細な操作を要する荒技。それをここまでの精度で成すエルメスがやはり異常なのだが……裏を返せば、そこさえ崩せば道はある。

よって、ルキウスは着弾までの時間を余すところなく使って行動を開始した。

まず、剣を持つのとは逆の手で懐を探る。

そうして取り出したのは、拳大の金属の塊、ルキウスはそれに汎用魔法をかけ――瞬時にそれが簡易な剣へと変化する。

そう、普段ニィナが使っている剣。――ルキウスにとっての、予備の武器だ。

それを、逆の手で持ち。一時的に双剣を手にしたルキウスは、簡易な剣の方に、ありったけの魔力を込めた後――

「――ふッ！」

投げた。

……ちなみに、その剣に彼の異能である『魔法を斬る』効果は付与されていない。あれはルキウスとてきちんとした魔法の分析と高度な集中、繊細な魔力操作の上で繰り出すべき代物だ。

よって、いくらルキウスでも双剣や投げた剣の遠隔で同じ真似はできず、従って今投げられた簡易剣で、向かう先にある『火天審判《アフラ・マズダ》』に対処することは到底不可能。

だが。それでも、それは膨大な魔力に加えてルキウスの桁外れの膂力《りょりょく》によって投擲《とうてき》されており、相応のエネルギーは発生している。

それが、ほんの少しだが向こうの魔法を押しとどめる。一瞬だけ到達を遅らせる。

結果――『完全同時着弾』が、ズレる。

(――一瞬あれば、十分だ)

稼いだ時間はほんの僅か、しかしその中で目的を成すべくルキウスはもう片方の剣、自身の愛剣を構え。己の肉体と迫り来る二つの魔法だけに意識の全てを割いて、上半身に己の血統魔法の効果を集中。そうして極限までタイミングを見計らい――

「――！」

一閃《いっせん》。

凄まじいエネルギーを宿した桁外れの身体《からだ》の躍動とともに、大きく弧を描いたその大剣の軌跡は。

まず、頭上の『流星の玉座《フリズスキャルヴ》』。続いて一瞬遅れた『火天審判《アフラ・マズダ》』を一息に斬り裂いた。

まさしく、絶技。

確かな手応えと共にそれを成した異端の怪物は、決着をつけるべく前を見据える。

そこには、渾身《こんしん》の魔法を放った結果次の魔法を放てず隙を晒《さら》しているエルメスが——

——いない。

瞬間、鳩尾《みぞおち》に衝撃。

驚愕《きょうがく》と共に見下ろすと、そこには。

「……素晴らしい剣でした」

魔法の対処に、全ての意識を奪われていたルキウスの隙を突いて。

全体重を乗せた肘打ちを、完璧な角度で叩《たた》き込んだ体勢のエルメスが。

（…………なるほど）

申し分ない一撃が、全身の力を速やかに奪うのを自覚しつつ。

瞬時に、ルキウスは理解する。——本命はこれか、と。

エルメスは、ルキウスが同じ技を二度は食らわない、二重の魔法に今度は対抗してくると、ルキウスの実力を理解して信頼した上で。

本命の一撃、三つ目の刃。最後は魔法ではなく拳で、対処に手一杯となった自分の意識外、こちら側の致命的な空隙を最初から狙っていた。

遅延詠唱《ディレイ・スペル》を。彼がルキウスに対抗するために必死になって開発しただろうその技術を……最後の最後で躊躇なく囮に使ったのだ。

それが、有効だと。分かっていてもここまで徹底できる人間が、どれだけいるか。

……というか、だ。

「……君、魔法使いだろう？　近接格闘で、そこまで動けるなんて聞いていないぞ」

「言っていませんでしたから」

なるほど、手札を隠していたのはこちらだけではなかったと。

そして古今東西、そういう手は先に切ったほうが負けると相場が決まっている。向こうの底を見誤ったこちらのミス……いや、それだけではない。

今にも倒れそうな状態の中。

辛うじて残った力で踏ん張りつつ、ルキウスがあまりに完璧なエルメスの立ち回りに覚えた違和感。自身の計算外であり最後の敗因、気になったことを問いかけた。

「……思ったんだが。君――剣士との戦いに慣れすぎてはいないかい？　君の学習能力を考慮に入れても異常なほどだ。一体どうして……」

「ああ、そのことですか」

問いかけを受けたエルメスは――簡単なことですよ、と笑って。

「――妹さんに、鍛えていただきましたから。学園にいた頃、毎日のように」

「……は」

この上なく、納得だ。

剣士との戦い……否、自分が多少なりとも剣を教えた妹との戦いに慣れていたのならば、こうまでしっかりと対応されるのも無理はない。

（……ああ。それは、仕方ない、なぁ）

素晴らしい敗因に、どこか満足感すら覚える中。

心地よい酩酊《めいてい》に意識を委ねるまま、ルキウスはその場に倒れ伏す。

――これは、変革の合図だ。

きっとこの瞬間から、更にこの国は変わるだろう。

そんな直感……否、紛れもない確信と共に、北部最強の男は意識を手放し。

最後の戦いが、幕を下ろしたのだった。

◆

どさり、とルキウスが倒れ伏す。

一瞬意識を失っているだけで、手応え的には間もなく立ち上がれるだろう。というか正直ダメージも然程《さほど》残っていないのではないだろうか。

……エルメスは体重が軽いから打撃の威力自体はどうしても乗り辛《づら》いとは言え、呆《あき》れるほどの耐久力である。

だが、それでも。決着が、勝敗がついたことは紛れもない事実で。

戦場に、しばしの沈黙が満ちる。

あまりに予想外が連続しすぎて、どう反応していいか分からないような。

そんな静寂が数秒間続いた後――しかし。

――わぁっ、と歓声が上がった。

戸惑いと、困惑と……されど、それを遥かに上回る称賛の感情が込められた、歓声が。

「……」

辺りを見回す。

声を上げているのは、その場の全員。そう、ハーヴィスト領の兵士たちは当然ながら……北部連合の騎士たちも。自分たちの象徴だったルキウスが敗れたにも拘《かか》わらず――驚くほど素直に、今の戦いそのものを褒め称《たた》える声を上げていた。

無論信じられない声、疑いの声もなくはない。けれど……予想よりも、遥かに多くの騎士たちに。確かな興奮と、憧憬の感情が浮かんでいた。

エルメスは、それを少しの驚きと共に見やりつつ。

それでも――それに値する戦いを見せられたなら、良かったと。そして……そういう反応をしてくれるのなら、きっとこの国も変われると。素直に思うのだった。

ともあれ、これでルキウスの狙い通り。力を見せ、ルキウスを破ったことで今後の北部連合の第三王女派との併合も比較的スムーズにいくだろう。

よって、これにて。

──北部反乱は、完全に決着だ。

（…………）

……改めて、考える。

──ぎりぎりの戦いだった、と。

敵の強大さも、狡猾《こうかつ》さも、スケールも。今までとは段違いで。何か一歩間違えば簡単に詰むような極限の状況が頻繁にやってきていた。

……今までの敵は、強い力こそ持っていたがあくまで個人で。力に溺れ、無知ゆえに世の中を侮り、何より──エルメスを舐《な》めていた。

でも、この先は違う。

彼の力は既に知られた。対策も進んでいる。相手は強大な力を持つものほど、エルメスを徹底的にマークして。彼を封じ、倒し、殺すためにあらゆる狡猾な策略を練ってくるだろう。

それは、子供ではなく大人を。個人ではなく組織を──そして、ひょっとすると国を相手にするということであり。

きっと……自分一人でそれに対抗するのは、困難極まりない道なのだろう。

当然だ。だって、そうでなければ──そもそもローズが王都を出る羽目にはなっていない。

……けれど、心配はない。

彼は知っている、誰かとの間にある想《おも》いを。誰かと想いを通わせることで、得られる力が存在すると。そして……それによって、それがあったからこそ、今回も勝つことができたのだと。

エルメスは、改めて顔を上げて見やる。

第三王女派の面々、彼と意志を共有したものたち。

この勝利は誰が欠けても、不可能だっただろう。潰れかけたエルメスを繋《つな》ぎ止めたカティアに、ハーヴィスト領側との間を必死に取り持ったサラ。紛れもなく最大の進化を見せ、この国の新たな可能性を確かに示したリリアーナに、その発想の契機となったらしいアルバート。諸々《もろもろ》、自分たちに把握できない細かい処理や裏の手続きに奔走してくれたユルゲン。

そして何より――と、エルメスは。

真正面。人混みを抜け出して、自分のもとへと歩いてくる少女を見据える。

「……ニィナ様」

少女――ニィナはその可憐《かれん》な容貌に、様々な感情……言いたいことはたくさんあるのだけれど、どれを言っていいか分からないような表情を浮かべていて。

正直、エルメスも同じだった。あの、学園で別れた時以降。ここまであまりにいろいろなことがあり過ぎて、何から話していいか分からない。

当然、彼とて言いたいことはたくさんある。助けを求められて結局大したことはできなかった謝罪とか、ここまで敵の立場で制限がありながら最大限こちらの補助をしてくれた感謝とか。

……でも、きっと。まず一番に言うべきは、これだと思ったから。

エルメスは、万感の思いと共に。笑って、言葉を口にする。

「――おかえりなさい」

「……っ！」

それは、確実に彼女に突き刺さったらしく。感情を堪《こら》えるように頬を染めたまま俯《うつむ》いて、

「……ただいま」と小さく口にした後。

再度顔を上げると、困ったように……けれどどこか悪戯《いたずら》っぽく微笑《ほほえ》みながら、こんなことを言ってきた。

「ねぇエル君、気づいてる？」

「え？」

唐突な問いかけに困惑するエルメス。それで気づいていないことを察したニィナが、尚《なお》更《さら》に悪戯っぽい……学園で見たものと同じような、しかし今までとは違う表情で。

こう、告げる。

「ボクさ――今、キミに魅了されてるんだよ？」

「…………あ」

忘れていた。

大司教の洗脳魔法から、ニィナを守るためにかけていた『妖精の夢宮《イル・フェルリナ》』。遠隔でも機能するように若干改造し、機能しっぱなしにしていたその魅了魔法の解除をすっかり忘れていた。というかそれどころではなかったのだ。

けれど、決着はもうついた。それなのにこのままは確かに失礼だろうと気づき、即座に解除を行おうとするが――ニィナは、それより早く。

「もう、しょうがないなぁ。……うん、魅了されちゃってるから、魔法だから……しょうがないよね？」

魔法を解かれる前に呟《つぶや》き、たっと軽やかに地を蹴って。これまでどれほど頑張っても詰められなかった彼との距離を一挙にゼロにし、真正面から全力で抱きつく。

そのまま慌てる彼を逃がさないとばかりに腕に力を込め、更に紅潮する頬を隠さず、耳元に口を寄せてから。

北部反乱の、締めくくりとなる一言を。蕩《とろ》けるような声色で、囁《ささや》いたのだった。

「――だーいすきっ」

◆

このお話は――

……ニィナ・フォン・フロダイト。

魔法国家ユースティアで、剣の才能を持って生まれてしまった少女。

才能の適性はなく、授かった魔法も異端の代物。加えて本人の気質も一般的な少女のそれを出ることはなく、突き詰めた精神も、極限の信念も持ち得ない。

よって、この国の大きな物語では……きっとどうしても、『主役』にはなり得ない少女。

けれど。

そんな少女が、何の因果か根源に関わる力の一部を授かり。それによって生じる理不尽、重圧、常人ならとうに心折れる悪意にも最後の最後では屈することなく。この国の頂点の一人、教会の重鎮の数十年の支配を打ち破り。本来決して変えられなかったはずの未来を覆し、王国が真に変革する最後の引き金を引くこととなった。

それはひとえに……ただ一人の、少年のためだけに。

故に、この北部反乱は。

大いなる戦いの序章、王国の未来を懸けた戦いの始まりであり、同時に。

――一人の、普通の女の子の、恋物語である。

「――誠に、申し訳ございません」

その後。

エルメスとルキウスの決着ののち、状況が呑《の》み込めていない北部連合に対し一旦その場を解散させ。落ち着いたタイミングで全員に、ここまでの流れを解説した。

北部連合の中枢、その大多数が大司教の手によって洗脳されていた――など、特に末端の兵士たちにとっては受け入れ難いものだったろうが。

それでも……少なくない兵士たちが違和感、特に彼らの総大将であるルキウスの様子がおかしいことは感じていたようで。思ったほどの混乱もなく、皆がその話を受け入れてくれた。

そして、現在。北部連合の拠点にて。

勢揃《せいぞろ》いする北部連合の兵士たち、その先頭にて……北部連合騎士団長、ルキウスが片膝をついて頭を下げていた。

「大司教の策略にまんまと引っかかり、北部全体を混乱に陥れ。挙句の果てには殿下をも手にかけるところだった――償い切れることとは、とても思えません」

ルキウスの所作は、普段の若干がさつな雰囲気を一切感じさせないまさしく騎士然としたもので。確かな知性と敬意と……服従の意思が、感じられる。

「何なりと、処罰を。……ただ、叶《かな》うのであれば……操られていなかった末端の兵士にまで激しい罰を与えるのは、ご容赦いただきたく存じます」

そう言って、まさしく先刻その部下を守り、納得させるための立ち回りを演じた男は。

ここでもしっかりと配下の命を優先し、顔を上げて確かな意思を感じさせる金色の瞳を向ける。

その、視線の先にいるのは。

「……『処罰』をするつもりはありませんわ」

第三王女、リリアーナ・ヨーゼフ・フォン・ユースティア。

彼女はまず、ルキウスの言う『処罰』——すなわち死罪に処す意思はないことを告げる。

無論これまでのこの国ならばそうしてもおかしくない所業だったが、これからは違うという意思を込めて。

その、上で。

「けれど——赦《ゆる》す、と言うつもりもありません。今のわたくしたちに、そんな余裕はありませんもの」

慈悲を与えるだけではないところも、きっぱりと示し。

「故に」

ざわつく兵士たちに向けて、宣言する。

「命じますわ、ルキウス・フォン・フロダイト。そして北部連合の騎士たち。――わたくしの配下として、これからの戦い。……お兄様が不当に簒奪《さんだつ》した玉座を、あるべき形に戻すための戦いに参加することを」

彼女の望み、彼女の願い。

初めは流されるままだったけれど……今は、紛れもないリリアーナ自身の心からの言葉でもって、口にする。

「過酷な戦いになるでしょう。苛烈な戦いになるでしょう。これまでの、血統魔法使いに任せておけば全て解決したこの国では過去に類を見ないほどの、凄《すさ》まじい激戦になることは疑いようがございませんわ」

それはもしかすると、死罪に処すのと変わらないかも知れない。ここにいる全員が無傷で……死ぬこともなく彼女の『戦い』を終えられるなんてのは夢想の極みだ。だから、自分のために死ね、と言っているのと本質的には変わらないかも知れない。

……でも。

「――けれど、それが成った暁には」

それらの矛盾を、全て理解した上でリリアーナは。

自分が信じる、決定的な違い。忠誠に値する、彼女が与えるべき褒章を告げる。

「異端の才能を持つが故に王都から遠ざけられたルキウス。そして……魔法を持たないという理由だけで才覚に合わぬ場所に遠ざけられ、実力を示したにも拘《かか》わらず不当な評価で爪弾《つまはじ》きにされた北部の皆さま」

「！」

彼女が知った、北部の真実。実力主義に拘泥《こうでい》していた理由に切り込んだ上で。

「――わたくしは、その全てを正当に評価します。

わたくしだけではない。これからのこの国の全てで、皆さまに正当な光を当てるように
……いいえ、必ず当てます。そういう国に、わたくしが変えます」

己の歩むべき王道、確かな彼女の想《おも》いを告げてから――手を伸ばす。

「……正しく在るべき玉座を。わたくしの望むこの国の姿を。そして――あなたたちの、
名誉を。取り戻すために……どうかわたくしに、力を貸してはくださいませんか……？」

そうして最後は、願う形で。可憐《かれん》でありながら凛《りん》とした声色で、要請する。

「――」

その瞬間、北部連合の騎士たちも見たのだろう。

この幼い王女様の中にあり……そしてこの北部反乱を得て育まれた、紛れもない王者の
風格を。

「――ははぁっ！」

代表して、ルキウスが再度深々と頭を下げ。それに呼応するように、背後の騎士団も全
員が忠誠を誓い。

かくして、彼女が……第三王女派が欲してやまなかった二つのもの。

軍隊戦力と、確かな拠点。北部反乱を通して手に入れたいと願っていたものが……想像以上の形で、手に入ることとなったのであった。

そして、リリアーナが去り。残された北部連合の騎士たちの間で、こんな会話が交わされる。

「……すごい王女様だったな」

「ああ」

彼らの顔に浮かぶものは……この一連の流れで生まれた、紛れもない崇敬。

「あれで、まだ御年《おとし》は十一だろう？　なのにあの風格で、しっかりと我々のことも理解してくださった」

「風格だけではないぞ、魔法も素晴らしいものがあった」

「ああ、噂《うわさ》に聞いたところによると……『味方全員が血統魔法を使えるようになる』というとんでもない魔法であるとか」

「らしいな。しかも、しかもだぞ？　御本人は……それを血統魔法ではないと仰《おつしや》っていたそうだ。訳が分からないが、確かにそんな血統魔法は聞いたこともない」

「配下の魔法使いも揃《そろ》って強力だ。ルキウス様を打倒した使い手に加えて……トラーキアの令嬢に噂の二重適性持ちも」

「我々は、凄まじい御方《おかた》の配下になったのかも知れないな……」

自分たちの抱いていた不満を汲《く》み取ってくれたことに加えて、実力主義の彼らも問答無用で黙らせる、あの戦場で見せた恐ろしい領域魔法。

更に……彼らの忠誠を集める要素が、もう一つ。

「それに……美しい御方だったな」

そう。現金かもしれないが、リリアーナの容貌だ。

燃えるような艶やかな赤髪に、叡智《えいち》を感じさせる深い碧眼《へきがん》。幼い少女らしい天使のような可憐さと、上に立つ者としての凜々《りり》しさや美しさを併せ持つ奇跡のような美貌。

その美麗さに加えて、今見せた理知的で完璧な立ち居振る舞い。

やはり、美しいものは士気を上げる。それも相まってこの短い間で見せた彼女の姿は、急速に兵士たちの忠誠を、崇敬にすら近いレベルで集めつつあった。

かくして、その場で盛り上がった騎士たちの声が響く。

「正直王族は嫌いだったが……あの御方のためならばどこまでも戦えそうだ」

「そうだな！　いや、あれほど素晴らしい王女様は見たこともない！」

「ああ、あの御年であの落ち着きよう。きっと私生活も完璧なのだろうなぁ」

「違いあるまい！　きっとどこにおいても素晴らしく美しいお姿を見せてくださるのだろう――！」

そして、このように騎士たちの中で『完璧で素晴らしい王女様』が順調に偶像化されている当のリリアーナは、現在医務室で。

「師匠！　『あーん』でございますわ！」

――愛らしい容貌に、蕩《とろ》けきった満面の笑みを浮かべて。

先ほど見せた威厳はなんだったのかと思うほどの緩んだ……けれどこれも年相応にとても可憐な表情で、ベッドに座る少年、エルメスにフォークの先を向けていた。

……先刻のリリアーナの様子を陰から見ていた当のエルメスは、例によってあまりのギャップに混乱しつつ告げる。

「ええと、リリィ様。流石《さすが》に手は動かせます」

「遠慮なさらないでくださいまし！　師匠は怪我人《けがにん》ですし、何よりわたくしがそうしたいのですわ！　さぁどうぞ！」

一切の遠慮なく信頼しきった表情で迫ってくるリリアーナ。これをあまり断り続けていると、それが捨てられた子犬もかくやというほどのしゅんとした表情に変わることは知っているので、大人しくエルメスは差し出された果物を口に入れる。

ぱぁ、と顔を輝かせるリリアーナを微笑《ほほえ》ましく思いつつ……けれど流石に心配になったエルメスはこう告げる。

「えっと、リリィ様。……あなたはもう、多くの方の視線を集める王女様なのですから。そのようなお姿はあまり見せない方が」

「大丈夫ですわ、師匠にしか見せませんもの！　それに」

それに？　と首を傾《かし》げるエルメスの前で、リリアーナは堂々と。

「必要だとは分かっていますけれど……やっぱりああいう堅苦しいのは、正直もっのすごく疲れますわっ！」

「……」

「ぶっちゃけると面倒なのです！　これ、多分かなりストレスがかかるやつだと先ほど確信いたしましたわ……っ！」

……うん、なんだろう。

この物言いといい、フォーマルな場を嫌う性質といい、何というか……

（……最近更に、師匠に似てきた気がする）

彼女の容姿も相まって、尚更《なおさら》ローズを思い起こさずにはいられないエルメスを他所《よそ》に、リリアーナは少しだけ申し訳なさげな上目遣いを向けると。

「だから……ここにいる間だけは。全力で甘えさせて、甘やかされてほしいんですの。……だめ、ですか？」

まさしく甘える声色で、そう言ってくる。

そして当然……リリアーナの変化はエルメスにとって嫌なものではなかったし、彼女は彼にとって紛れもなく可愛《かわい》い弟子なので。

「……いいえ、こちらこそすみません。どうぞ遠慮なさらずに」

頭を撫《な》でで、そう告げる。彼だって、あの魔法をはじめとして弟子の褒めたいところもいっぱいあったのだから。

それに、リリアーナは更に顔を輝かせ。そこからは魔法の話等々、しばらく師弟の会話をしていたが……

ある時、きぃ、と小さな音がして扉が開く。そうして現れたのは、少しだけ意外な人物。

「……サラ様？」

「えっと……お邪魔でした、か……？」

彼女らしい扉の開け方でやってきた金髪碧眼の少女に、エルメスが声を上げる。それに反応したリリアーナも彼女の方を向くと……そこで。

「あ……サラ」

「？」

何故《なぜ》か。少しだけ……気まずそうな表情を見せたのち。

「い、いえ、大丈夫ですわ。……ではわたくしはそろそろ、ユルゲンと今後の話をしなければならないので！　また伺いますわ、師匠！」

ぱっとエルメスから離れると、若干の早口でそう言って。そのままサラとすれ違いざまに、医務室を出て行った。

「…………」

……かなり、意外な出来事だった。

確かに、リリアーナとサラの関係性をあまりエルメスは把握していない。ただ断片的に聞く話から推測するに普通に仲は良好だったし、王都にいた時の様子からしてもそうだと思っていたのだが……

その疑問をそのまま、エルメスは立ち尽くすサラに問いかける。

「ええと……サラ様。不躾《ぶしつけ》な質問で申し訳ないのですが……リリィ様に、避けられているのですか？」

「……その……は、はい。そうだと思います……」

そして、サラの方からも肯定があったことで尚更に驚きを深める。

そのエルメスの表情を見ると、サラは慌てて胸の前で手を振って。

「あ、えっと、でも！　嫌われている……というわけではないと思うんです」

「え？」

「自惚《うぬぼ》れかもですけど、その、リリィ様がわたしをお好きでいてくれているんだろうな、ってことは何となく分かっているんです。でも……」

心なしか、沈んだ……と言うより疑問が強く出た表情で、告げる。

「……何と言いますか、それとは別のところで。――あまり仲良くはしたくない、できない……と考えているような感じ、だと思います……」

「……それは」

洞察力に長《た》けたサラの分析だ、彼女がそう言うなら可能性は高いのだろうが……だったら余計に疑問は深まって、そこで。

「──でも」

一点、彼女にしては強めの口調で。言葉を発したサラに耳を傾ける。

「それなら、ちゃんと理由を聞いて。その上で、お付き合いの仕方をちゃんと考えて……できることなら、そう思った理由、お悩みを解決するお手伝いをさせていただければ、と思います。わたしも、リリィ様のことは好きですから」

「──」

「だから、その……エルメスさんも、そちらの心配はしないで頂けると……」

「……はい、そうですね」

彼女の……学園にいた頃からは若干想像できない力強い言葉に驚きつつも、喜ばしいことであるのは間違いないので、エルメスも素直に頷《うなず》いた。

そこからは、多少の情報交換を彼女と行う。具体的には北部反乱の後始末、大司教ヨハンの扱いや急速に膨れ上がった第三王女派の整備についてだ。

当初は、エルメスもそれに参加しようとしたのだが……

「おばか。エル、あなた一回剣が身体《からだ》を貫通してるってこと忘れてない？　世間ではそれを重傷って言うのよ、大人しく休んでおきなさい」

と、カティアをはじめとした第三王女派閥全員に全力でベッドに叩《たた》き込まれた結果、大人しく言われた通りにしている次第である。

幸いと言うべきか、諸々《もろもろ》の処理や手続きは順調に進んでいるようだ。問題が起こっていないことに安心しつつ、サラの話を聞き終えたエルメスだったが……そこで。

「……エルメスさん」

「はい？」

「その……すみませんでした」

言葉通り、申し訳なさそうに。サラが謝罪をしてきた。

何のことか分からず首を傾げるエルメス……の、胸元にサラは手を伸ばすと。

「……わたしが、ニィナさんを通したせいで。こんな、大怪我を負わせてしまって……」

「……ああ」

そのことか、と納得する。

だが、その謝罪はお門違いだ。ニィナがサラを突破することは彼の中では想定内の出来事であり、むしろ本来適性にない戦場に立たせた上に捨て石に使ってしまったこちらこそ謝罪をすべき……と、改めてエルメスはサラに説明するが。

「いえ……その、その配置自体には不満はありません、でも、わたしが……」

そういうことではないらしく、サラは言葉を探るように言い淀《よど》んだのち。

「わたしが……今、一番。あなたの役に、立てていないんです」

そう、言ってきた。

「……僕はそうは思いませんし、役に立つべきなのはリリィ様に対してですよ」

「はい、その通りですけど……いえ」

返すエルメスの言葉に、サラはそこで言葉を打ち切ると。

先程のような、今までと違う。落ち込むだけではない、意志を込めた表情をその美貌に浮かべ、ふわりと笑って。

「これ以上は、今言葉にするべきではないですね……今のわたしには、こんなことしかできませんけれど」

そのまま、エルメスの手を静かに握って。体温を伝えると共に、『星の花冠《アルス・パウリナ》』で改めて傷を癒すと。

「だから、その……頑張ります。どうか……見ていてください」

若干要領を得ない言葉と共に、再度近くで微笑んで。そのまま身を翻し、彼女も医務室を後にした。

「……」

残されたエルメスは、考える。

……当たり前だが、今自分たちは道半ばだ。

一つの大きな山は乗り越えたが、それでもたどり着くべき場所は未《いま》だ遠く。そして――これまでは余裕がなかったが、自分たちの方にも。多くの人が集まる分、そこには色々な事情や関係が発生する。

サラとリリアーナの関係然《しか》り、今のサラの言葉然り。きっとそういう類のものなのだろうと、エルメスは推測する。

そして……それに向き合うことも、今は苦でない。

そう思いつつ、エルメスはようやく訪れた一人の時間で考える。

……いや、そう。本当に『ようやく』なのである。

休めと言われて医務室に放り込まれたにも拘《かか》わらず、今まで気の休まる暇がなかったのだ。何故なら先ほどまでのようにひっきりなしに訪問者があったからだ。

リリアーナの前にはルキウスがやってきて「色々と済まなかった！　それで怪我《けが》はいつ治るんだ、治ったらまた手合わせしよう！」と言ってきた。その申し出自体は望むところなのだが開口一番それなのかと若干呆《あき》れた。

その前には、北部連合の騎士たちやハーヴィスト領の兵士たち。エルメスの魔法能力に驚いたり感銘を受けたり疑問に思ったりと、ありがたくはあったが割と辟易《へきえき》してしまう部分もあった。その勢いを止めてくれたユルゲンと無言で果物を置いていってくれたアルバートには割と本気で感謝だ。

まぁ、けれど。そういう人たち全部ひっくるめて、悪感情を向けてくる人はほとんどいなかったから、総合的には喜ばしいものではあったのだが。

……そして。

まだ、二人。親しい人の中で、まだ会っていない人が二人いるかな……とエルメスがぼんやりと考えた、その瞬間扉が開いて。

「……や」

その二人のうちの一人。銀髪の美しい少女が、気さくな調子で手を上げる。

ニィナ・フォン・フロダイト。

ある意味で、今一番会うのに緊張する彼女と……一息ついたこのタイミングで、エルメスは相対するのだった。

◆

「……出歩いても大丈夫なんですか？」

「ん？　ああ、確かにボクは今回の件の重要参考人だけどね。別にそこまで拘束はされてないし、敵意がないってのは保証してもらってるから。話はまぁおいおいって感じかな」

「そうですか……ルキウス様とは？」

「お兄ちゃんとは仲直りしたよー。というか向こうが全力で土下座して一向に頭上げないから、むしろ宥《なだ》めるのが大変だったかな……うん。洗脳されてる間も守ってくれてたし、むしろこっちが感謝したいくらいだったから、そこも大丈夫」

「……それは、何よりです」

……お互い、話すことが多すぎて。

まずは当たり障りのない会話から始まったけれど、すぐにそれも尽きて。

同時にニィナが、覚悟を決めた表情でベッドの傍らに座り、真正面から居住まいを正す。

「……ありがとうね、エル君」

そうして、静かに。けれど深い思いを感じさせる声で、言うべきことを告げてきた。

「北部反乱を、終わらせてくれて。大司教を倒してくれて。それと……ちゃんと、約束通り助けに来てくれて」

「いえ……むしろ、あんなささやかな援護しかできずに申し訳ございません」

「ううん、間違いなくあの場でできる最大のことだったし、それでボクは助かったんだから……いいんだよ、それで十分」

まずはこの北部反乱を終わらせる決定打となった出来事、エルメスの魔法に対する礼を。確かに果たされた約束と、再会を喜ぶ言葉を交換して……

「──あのさ」

それが、一段落してから。

ニィナは、改めて正面から言葉を発する。

「エル君は、前に言ってたよね。全ての魔法には、それに込められた願いがあって。だから魔法は綺麗《きれい》なんだって」

「……はい」

「じゃあ、その上で。──ボクの血統魔法、『妖精の夢宮《イル・フェルリナ》』についてなんだけど」

「！」

彼女が、これまで抱えてきたもの。最初に抱いた、罪の意識の元凶を。

「エル君なら、もう分かってると思うけど。そういう意味では……多分この魔法に込められた願いは、決して綺麗なものじゃないんだ」

「……それは」

「ただ純粋に、効果通り。『好きな人を、相手の想《おも》いを無視してでも自分のものにしたい』――なんて、とてもとてもひどい願い。そこから生まれた、嫉妬と強欲の魔法」

「……」

「そんな魔法もさ、エル君は綺麗だって言える？　こんな嫉妬の魔法を、そんな魔法を持ってるボクのことを……肯定できる？」

ひどい過去によって培われてしまった、彼女の重い問いかけ。

エルメスは、そこに込められた全てを余すところなく受け止めた上で……

真《ま》っ直《す》ぐに、答える。

「――でも。この魔法のお陰で、貴女《あなた》を守れました」

「……あ」

まずは、覆しようのない事実を、しっかりと告げてから。

「きっと、貴女の言うことも間違いではない。美しい想いから生まれたわけではない魔法も、この世界にはたくさんあるのでしょう」

そこから語る、彼自身この旅の中で気づき始めている事実。それを自分の中で受け止めた後……それでも、と言葉を発して。

「それでも。そんな魔法でも、醜いと言われる想いから生まれた魔法でも……輝かしい用途に使ってはいけないということはないはずです。たとえ生まれが歪《ゆが》んでいた魔法であっても、美しいものにはできるはずだと。どんな魔法も美しいものだと、僕は信じる」

かつて魔法に憧れた、その時の想いを信じて彼は告げる。

そこから最後に、もう一度ニィナを正面から見据え。

「だから――僕は、綺麗だと思います。

貴女の魔法も、そして……貴女自身も」

「――っ」

返した、真っ直ぐな言葉。

それを受け止めたニィナは……一瞬、泣きそうな程に喜ばしげな表情を見せてから、頬を染めて俯《うつむ》いて。

「ああ、もう。何て言うか……好き」

「！」

可憐《かれん》な囁《ささや》き声で、そう言って。それを聞き届けてしまったエルメスが瞠目《どうもく》する。

彼のそんな様子を見たニィナは……翻って。いつもの彼女らしい、悪戯《いたずら》っぽい笑みと共に。

「……うん、そうだね。エル君だもん、もっかいちゃんと言わないとね」

彼が彼女と会うことに緊張していた最大の理由、『本題』を。

改めて、この上なく愛らしい微笑《ほほえ》みと共に——告げてきた。

「好きだよ。エル君のこと」

「——」

「もちろん、親愛とか友達としてとか——そんなんじゃない。女の子としての意味で、キミが好き。ボクはキミに、恋をしてるんだ」

学園での、魅了にかけるための文句ではない。先刻の、魅了の結果出た言葉ではない。お互い、フラットな状態で。言い訳も、逃げ場もなくした真正面からの告白。それを受けたエルメスは、

「え、っと、その……」

思わず、と言った調子で口元を隠して。彼にしては極めて珍しく、明確に頬を染め。羞恥と居《い》た堪《たま》れなさと……けれど微《かす》かな嬉《うれ》しさを表に出した様子で、目を逸《そ》らして。

「……ありがとう、ございます……」

それでも、素直な感想を精一杯に。消え入るように言ったのだった。

そして。

そんな、エルメスの非常に珍しい態度を目の当たりにしたニィナは。

「——え。かわっ……」

こちらも思わず、胸の辺りを撃ち抜かれたように体を震わせ呟《つぶや》いて。

けれど——すぐに。口元を可憐に、妖艶に曲げ。

　今まで以上に、からかいの色を強く含んだ、まさしく『小悪魔』と表現するのが相応《ふさわ》しい様子で顔を近づけて囁く。

「……へぇ、そんな可愛《かわい》い反応しちゃうんだ。もしかしてエル君って、意外と直球で攻められるのが弱かったり？」

「……っ」

「へぇ～そっかそっか。ふふ、それは良いこと知っちゃったなぁ。もっと言ってあげようか？」

　更に顔を近づけ、小首を傾《かし》げて上目遣いで、甘やかな声色と共に問いかけてくるニィナ。

　エルメスはその雰囲気に呑《の》まれかけつつ、けれど告白を受けた以上当然何かしらの返答をしなければならない――という観念に従って言葉を探していたが……

「――あ、言っておくけど」

　そこで。これも見透かしているかのように、ニィナが彼の唇の前で人差し指を立ててくる。

「今、ここですぐに返事をして欲しい、ってわけじゃないから」

「え？」

「いやまぁ、本音を言うなら欲しいけど……でも、どう考えても今はそれどころじゃない、っていうのは流石《さすが》に分かるし。キミたちの邪魔をしてまで、返事が欲しいとは思わない」

「……」

「だからさ、ちゃんと待つよ。キミは、そういうのをうやむやにしたり無駄に引き伸ばしたりする人じゃないでしょ？」

それは……そうあるつもりだ、という意思を込めてしっかりと頷《うなず》く。

好意に甘えるようで申し訳ないが……と罪悪感に駆られるエルメスの前で、しかし。

「……でも、覚悟してね」

ニィナは更に笑みを深めて、こんなことを言ってきた。

「これからは、遠慮しないよ？　だってもう告白しちゃったし、『告白してる』って立場を最大限使わせてもらうつもりだし」

「え——」

「だからさ。ぼやぼやしてたら、キミの方を我慢できなくしてあげちゃう。ボクの全部を、何もかもを使って——」

最後に彼女は。正面から、それこそ宣戦布告をするように指を突きつけて。

「今度こそ、ちゃーんと。——キミを『魅了』してあげるんだから」

真っ直ぐな、不敵な笑み……けれど、これまでで一番魅力的な表情に。

魔法を発動していないにも拘わらず、吸い込まれるようにエルメスは見惚《みと》れる。

そして、そのまま。

「……ふふん、じゃあ手始めに」

ぎしっ、と。

彼の方に身を乗り出して、毛布の上から体を押さえつけ。今まで以上にその美貌をエルメスに近づけてきた。唐突な行動にさしものエルメスも狼狽《うろた》える。

「!? え、あ、その」

「ふふ、ほんとにかわいー。……ねぇ。女の子に告白の返事待たせてるんだからさ、ちょっとくらい『前払い』してもらっても良いと思わない……？」

動けないエルメスに彼女は、これまでにない可憐さと共に色気も振り撒《ま》きながら。

彼の頬に手を添えると至近距離で、美しい金色の瞳でエルメスを見つめ——そこで。

「——何、してるの？」

零下の声が、医務室に響いた。

「っ！」「ありゃ」

エルメスは咄嗟《とっさ》に顔を離し、ニィナは残念そうに。同時に入口を見ると……そこには案の定、大変よろしくない感じの雰囲気を纏《まと》った紫髪の少女の姿が。

「ねぇ。説明して、もらっても、いいかしら……？」

少女——カティアは、完全に対抗戦の時のあれに近い表情と声色で、まさしく嵐の前の静けさそのものの声で問いかけてくる。

確実にあとひと刺激でまずいことになる。そう直感したエルメスは言葉を探すが——

しかし、そこで更に。

「――エル君に告白して、迫ってただけだよ？」

「……え」

「!?」

あろうことか。この上なく直球で、ニィナが現状を説明し。

エルメスが驚愕《きょうがく》し、カティアもまさか直接そうくるとは思っていなかったのか、怒りよりも先に瞠目する。

そんなカティアに向かって、ニィナはエルメスの時と同じ小悪魔的な態度を崩さず。

「ふふ、ねぇカティア様。僭越《せんえつ》ながら、聞いてもらってもいいかな」

そのまま……静かに。彼女に対して好意的なことは変わらないけれど、不敵な声で言い放つ。

「――『そういう態度』を取れば、引いてくれる子ばかりと思わない方がいいと思うよ」

「！」

聞きようによっては、かなりきつめの糾弾だ。

けれど、ニィナの声色からは……心から彼女を心配しての忠告の色も感じられて。

嫉妬よりも戸惑いが勝るカティアにニィナは軽やかな足取りで迫ると、引き続き。

「もちろん、そんなカティア様もすっごく可愛いんだけど……そういう態度ばっかりだとさ、やっぱり色々良くないと思うんだ」

戸惑うカティアに構わず、親しみを感じさせる足取りで近づき。手を取ると、嘘《うそ》がないと分かる声色でこう続ける。

「だからさ。その辺りも含めてちゃんと、恋バ――女の子のお話、しようよ。……まぁぶっちゃけると塩を送る真似《まね》はしたくないんだけど……やっぱりボク、カティア様のことも大好きだから」

「え、あ、その」

先程の、黒い雰囲気は完全に鳴りを潜め。

奇《く》しくも、エルメスと似たような困惑の声を上げるカティアの横から抱きつくように手を取ると、有無を言わさず彼女を連れ去りにかかる。

そして、最後に。

「……それに、正直止めてもらって助かった部分も……あったし」

「え？」

ニィナはこれまでと違う、少し自信なさげな声を上げて。

首を傾げるカティアを他所《よそ》に……エルメスの方に振り向く。

「えっと……」

そうして向けられたニィナの顔は……珍しく、耳まで真っ赤に染まっており。紛れもなく、彼女も羞恥を感じていた……否、今になってぶり返してきた様子で。

「……ごめん。流石にさっきのは調子に乗りすぎました……反省してます……」

先ほどまでの攻め一辺倒の態度から一転して、弱々しい声で。

羞恥に苛《さいな》まれつつ、それでも譲れない想いを込めて……こう言ってきたのだった。

「――でも、気持ちは本当だから。……嫌いにならないでくれると、嬉しいな」

そこまで告げてから、カティアを伴ってぱっと身を翻し、扉を閉めるのだった。

「………………」

残されたエルメスは考える。

実を言うと、色々ありすぎてものすごく混乱している。

ニィナの想《おも》いとか、その上での彼女の態度とか。自身の困惑とか。

攻め攻めな彼女とか、そこから翻っての最後の自信なさげな、けれどそれも可憐極まりない態度とか、正直あれが一番破壊力があったこととか。

あと何より――

「……『あのカティア様』を穏便に止められる人、いたんだ……」

割と、それが一番に迫る衝撃だったりもする。

……けれど、それで終わらせるわけにもいかなくて。

彼女に、想いを告げられたことは紛れもない事実。答えは待つと言われたし、それは情けないことに非常にありがたかったりもしたけれど。

(――だからと言って、考えないわけにはいかない)

考え続ける、べきだろう。

これまで、見てこなかったもの。前に進むことに精一杯で、知らなかった自分の周りの大切な人たちの考えや想いを。

そう思いつつ、今度こそ。

本当にようやく訪れた、一人の時間を使って——エルメスは引き続き、思索にふけるのだった。

◆

——続けて、エルメスは考える。

……ニィナの件は衝撃だったものの、彼女の言う通り今はそればかりに関わっていられる状況ではない。彼女の件も勿論《もちろん》思考は続けるが、それ以外も疎《おろそ》かにはしない。

その決意のもと、エルメスはまず自身の頭の中、現状を整理する。

北部反乱は終結した。

ハーヴィスト領の兵士たちに加えて、北部連合まで第三王女派に入った。大量の兵士、数としての戦力に加えて腰を落ち着けられる拠点。更にあの規格外の勇者ルキウスまで味方についたのだから、戦力増加は計り知れない。

その配下の兵士たちの士気も上々だ。元々理不尽に追いやられることが多かった北部の兵士たちは、リリアーナの唱える『全ての人々に等しく魔法の恩恵、成長の機会を』との理念に共感してくれることも多い。

加えてルキウスの計らいから見せたエルメスの実力によって、彼ら及び彼らを従えるリアーナへの忠誠も文句ないレベルに高まっている。

……無論、そうでない人間もいる。

この国の理不尽な価値観の根は深く、エルメスの実力を疑ってズルだと決めつけたり、北部反乱に嬉々《きき》として参加して恩恵を得たりする人間も少なくない。……その中には以前、立場が保障されているのをいいことにニィナに暴行を加えようとした人間もいるとか。

しかし、怪我《けが》の功名とでも言うべきか。北部反乱を通してそういう兵士たちの本性が目に見える形で明らかになったため、今後はそういった連中はルキウスが容赦なく矯正或《あ》るいは排除するらしい。彼の騎士団長としての手腕は確かなので、任せておけば間違いなく公正かつ精強な軍隊が改めて出来上がるだろう。

人数が増えたことによって必然的に増加した諸々《もろもろ》の手続きや折衝に関しても、ユルゲンが凄《すさ》まじい辣腕を発揮してまとめてくれているとのこと。……ここも改めて、彼の『公爵家当主』としての凄《すご》さを目の当たりにさせられる。目立ちはしないが間違いなくこの『軍隊』の要であり、頭が上がらない。

故に、総じて言えば。

第三王女派が、この北部反乱で手に入れたかったものは、全て想像以上の形で手に入り。紛れもなく、大成功。僅か六人というどん底から、一大勢力まで大躍進を果たしたと言えるだろう。

（……でも）

だが。当然、それだけではない。

まず、ここはまだ道半ば。王都を取り戻すまでの道のりは未《いま》だ険しく、立ちはだかる大きな壁はまだ多く残っていることは忘れるべきではない。

加えて……この北部反乱を通して、新たに増えた謎もある。

まずは、教会について。結局大司教ヨハンがどういう流れでこの北部反乱を起こしたのか、明確に知ることができなかった。

ヨハン本人に聞けば分かるだろうが、現在も昏睡《こんすい》中だしそもそも大人しく答えるとは到底思えない以上、謎のままだ。

ラプラスが所属する組織との関連も含めて、教会については未だ謎が多い。

どういう組織なのか、どのような構造になっているのか。

そして何より……時折見せる、あの得体の知れない力は一体何なのか。

現状その最たるものが――

（……あの、古代魔道具《アーティファクト》）

ニィナに案内されて、エルメスたちも目にした例の古代魔道具《アーティファクト》：スカルドロギアを思い返す。

……一目見た瞬間、恐ろしいものだと分かった。

迂闊《うかつ》に触れられない、触れてはいけないと確信する。確実に理解の外にある、エルメスですら全く全容が摑《つか》めない正体不明、規格外の魔道具。

確実に危険と分かったため現状は遠目の監視にとどめているが、おそらくその判断は間違っていないはずだ。

だが、いずれ。解き明かす必要はあるだろう。

あの魔道具はどのようなもので、どうしてあんな効果を持っていて、どこからやってきて、何を目的としているのか。

まず、何故《なぜ》魔道具の形で——いや、それ以前に。

（そうだ）

それらを、考えるより前に。

エルメスは辿《たど》り着く。これまであるのが当たり前だったことに加え、専門ではないため深く考えてこなかった、根本的な問い。

それは。


（——そもそも、『魔道具』って何だ？）


……確実に。

この国の、そして魔法の根幹に迫る疑問にエルメスが到達するのと同時に。

——こんこん、と。丁寧なノックと共に、扉が開かれる。

返事を聞き届けて、入ってきたのは……

「公爵様」

「療養中のところ済まないね」

ユルゲン・フォン・トラーキア。

彼はいつもの柔和な顔を……けれど、心持ち厳しいものに変えて。

「早急に伝えるべき用件ができたから、心して聞いてほしい。既にカティアたちにも伝えていて、皆が会議室で待っている」

そんな、穏やかならぬ前置きと共に、告げる。

「つい先ほど、教会の――大司教が従えていたのとは別の、教会の『更に上』のところから使者がやってきてね。こう伝えてきた」

「！」

瞬間感じた、エルメスの予感に違《たが》わず。

ユルゲンは、厳かに言い放った。

「――『大司教ヨハンの一件で話がある。第三王女派は、今すぐ教会本部を訪問せよ』とのことだ」

エルメスたちの、次の行き先。

そして恐らく――次の戦場が。この瞬間、決定したのだった。

◆

「…………は？」

　ほぼ時を同じくして。ユースティア王国、王都中央部。

　名実共にこの国の中心である建物、王城の一角にて。

　現在政権を簒奪《さんだつ》した形で中枢を担う第一王子、ヘルクの側近――ラプラスの、極めて珍しい素っ頓狂な声が響いた。

　灰色の髪に、蒼《あお》の瞳。野生的な雰囲気と飄々《ひょうひょう》とした態度が特徴的な彼が、こうまで明確に驚愕《きょうがく》する理由は……たった今、部下からもたらされた情報。

　それは――

「……嘘《うそ》だろ？　あの爺《じい》さん、負けたの？」

　――北部反乱の、失敗。

　すなわち大司教ヨハンの、失墜に他ならない。

「おいおいまじか、あの性悪ジジイ何やってんだよ。普通に油断――するようなタマじゃねぇよな、一体何が……って、お前に言ってもしゃあないな。悪い悪い、戻っていいぞ」

　そのまま思索を始めようとしたところで、部下が置いてきぼりにされていることに気づき。詳細は提出された資料を読めば分かることと部下を下がらせ、一呼吸置いてから椅子に腰掛け、資料を手に取って読み進める。

……正直、信じられなかった。

ヨハン・フォン・カンターベル。自分たちが『組織』として活動を始める前から名高い司教だった性悪説の怪物。

やり口はともかくとして……その実力、そして善性を許さない執念は本物だった。それはかの『空の魔女』を間接的とは言え打倒した実績だけでも十分すぎるほど明らかだ。

その男が。一部では自分たちすら上回る『力』を持つ化け物が。負ける姿が到底想定できず、一体何があったのかと資料を読み進め――

――即座に、その思考を撤回する。

「――は」

思わず。

口元に、納得を含んだ獰猛《どうもう》な笑みが浮かんだ。何故なら、

「なーるほどなぁ。……やっぱ、てめぇか」

資料に書いてあった、最重要事項。――『誰』が大司教を打倒したのかという情報。

そこに記された、第三王女。並びにその配下の一覧にあった……一人の男の名前を見た瞬間。ラプラスの心中にこの上ない納得と敵意を孕《はら》んだ笑みが湧き上がる。

「このタイミングでそれってこたぁ、王都を逃げ出したその瞬間から狙ってたってことか？……は、無茶しやがる。博打《ばくち》にも程があんだろ」

そして、ラプラスは桁外れに頭も回る。

この情報のみから、そこに至った背景。――エルメスたちが襲撃を受け、王都を出たその直後。自分たちに足りない団体戦力と拠点を求め、敢《あ》えて争乱が起こっている北部まで足を運んだことまで極めて正確に把握する。

客観的に見ても無謀としか思えない無茶をやらかしているが……正直言うとやるかも知れないとは思っていたし、実際にそれをやってのけた以上文句は言えない。

加えて、それを成した中心人物は間違いなく……ラプラスが最も警戒する少年、エルメスであることも確信を得て。

この情報一つで、全てが激変する。否応《いやおう》なしに変更せざるを得ない今後の行動について、凄まじい速度で立ち回りを考えていたところで――再びノックの音。

一旦、思考を中断する。

中断させられたことに対する不快感は特にはない。だって……誰が訪れてきたかは、すぐに分かったからだ。

故に、扉を開けて入ってきた相手にラプラスは気さくな様子で声をかける。

「よう、ボス。今日は珍しく物陰から出てこないんだな」

苦笑の気配。挨拶もそこそこに、ラプラスは手元の資料を掲げて続ける。

「あんたももう聞いてんだろ？　大司教ヨハンが陥《お》ちた。やったのは第三王女派だとよ、一体何をやらかしたのやら」

頷《うなず》きを返す上司に向かって、困ったように手を広げると。

「……まさかまさかの展開だ。かの教会が生んだ怪物、ヨハン・フォン・カンタ－ベルが負けるとは流石《さすが》に読めん。もうちょっと荒れると思ってた北部の目論見《もくろみ》も全部パァ、また計算と計画のやり直しだ。ああ、全く――」

そこで。ラプラスは更に、端整な口元を――不敵に歪《ゆが》めて。

「――超、助かるわ」

嘘も、強がりもない様子で。そう、告げた。

「ぶっちゃけ一番厄介なのがあの性悪大司教だったからなぁ。当初の計画じゃ俺たちにとってのラスボス、最後に倒さなきゃいけないと思っていた奴《やつ》を……あろうことか向こうが倒してくれた」

本当に、助かる――と続けた後に、ラプラスは彼の唯一の上司を改めて見やって。

「分かるなボス。……状況が、変わるぞ。劇的に、致命的に変わる」

彼は。組織の頭脳であり三人いる幹部、要の一人はその叡智《えいち》で言葉を紡ぐ。

「歪《いびつ》だった均衡はこれで崩れた。北部が陥落したことで、あの大司教が抑えていた存在、大司教がいたから大人しくしていた連中が動き出す。同時に……突如勢力を増した第三王女派にも確実に何かしらのアプローチがかかる。あらゆる場所で、状況が書き換わる」

これに乗り遅れてはいけない。

何故なら大司教ヨハンがいなくなったことで、上手《うま》くいけば、計画を前倒しにして。

——あと一手で、この国の全てが詰む。その状況まで、持っていける。

「俺たちも動くぞ。……ああ、もう動けるんだ。だってさ」

何故なら、とそう思う根拠、今手に持っているものとは別の報告資料を取り出して。

ラプラスは、もう一つの致命的な情報を公開する。

「見つかったぞ」

ここで、初めて。

目の前の上司が、心の底からの驚きの反応を見せた。

数十年の、計画。

「失った……奪われたあんたの魔法。あんただけでこの国を滅ぼせる唯一にして最後の一ピース。これを手に入れて、邪魔な勢力をきっちり潰せば……いよいよだ」

あの日、あの場所で。始まった全ての集大成が、すぐそこまで来ている。

その事実に、流石のラプラスも高揚が湧き起こるのを感じつつ。

けれど、確かな理性と叡智でそれを抑え込む。それが、この組織における彼の役割だから。

そうして、ラプラスは立ち上がり。

「さぁ、行こうか。……と言ってもすぐにどうこうできるわけじゃないんだが。それでもできることはある。——何、心配することたぁねぇよ。だって——」

改めて、以前も告げた言葉。

彼にとって、そして組織にとっても自明の理。この激変した状況でも変わらずある、自分たちだけが得られる確信と共に、いつもの一言を告げる。

「どうあっても、最終的には俺たちが勝つようにできてる。だろ？」

自信に満ちた一言に、彼の上司も頷いて。恐ろしい力を持った二人は、歩き出した。

……そこで。

「ん？——ああ、第一王子サマ？」

ボスが、ふと思いついた様子で。

問いかけたその質問、彼の本来の職務に関する問いに——ラプラスは。

「——いたなぁ。そんな奴」

……恐ろしく。

酷薄で、興味の薄れた。形だけとは言え仕える相手に対するものとは思えない声を出した。

「ああ、もうどうでもいいよ。本人なりに真面目に頑張ってることは認めるが……やっぱこの国の王族だわ、圧倒的に能力も器も足りてない。能力だけが優れてた第二王子サマの方が幾分かマシだった。そもそも俺の言うことを何の疑いもなく受け入れてる時点でダメだろ」

平坦《へいたん》かつ機械的な、まさしく全てを見限った声で。

「あれはもう、放っておいても自滅する。……いやいや、舐《な》めてはねぇよ？　むしろこっちが言いたいくらいなんだって――どうか、少しでも警戒に値するところを見せて頂きたいってな」

そう、もうあの王子には欠片《かけら》も興味がない。どうでも良いと思ったことには、本当に何の感慨も抱かなくなる。元よりそういう性質なのだ。

故に――今ラプラスが興味を持つ先。彼が関心を持つ存在は、他にいる。

「……さて。再会は、そう遠くないと思うがねぇ」

その存在である……一人の少年。

かつて、初めて対峙《たいじ》した瞬間から脅威になると確信し。二度目の王都ではきっちり顔面を蹴り飛ばされた因縁ある相手。

あの大司教を打倒したことといい、更なる脅威に成長していることは間違いないだろう。

(借りはきっちり返すぞ。そんで、その後は……)

自分でも、珍しい感慨が浮かび上がっているのを自覚しながら。

かの銀髪の少年の対策を引き続き考えつつ――ラプラスは、上司と共に闇に消えていくのだった。

あとがき

創成魔法六巻、そして第三幕最初の戦い、これにて締めくくりとなります。

本編である北部反乱編の鍵となる人物、ニィナ・フォン・フロダイトという女の子は『創成魔法』という世界の、主人公に近しい人物の中ではある種異質な存在でした。

一つの『魔法』を創るに足るような想《おも》いや願い。本作の中心にあるその要素に対して、彼女だからこそ出せた一つの答えに、何かを受け取っていただければ幸いです。

今回はニィナに焦点を当てましたが、無論彼女以外も例外ではありません。過去に類を見ない戦いの中で、自分の抱いている想いや願いの本質を問う試練は彼女以外にも等しく訪れます。とりわけ、本作の主人公であるエルメス。彼が抱える誰よりも大きな矛盾に向き合う時は……きっと、そう遠くはないでしょう。

そしてこの先。一つの戦いを終え、いよいよ彼らは王国の根幹とも呼べる闇に踏み込みます。謎多き教会という組織に様々な人物や思惑が集結した結果――何が起こるかは、この世界の神様でも知り得ないことです。

第三幕中間点であり、最大の転換点となる次巻。また皆様に魔法をお届けできればと願いつつ、筆をおかせていただきます。

みわもひ

OVERLAP

創成魔法の再現者 6
新星の玉座 -世界を変える恋の魔法-

発　　行　2023年12月25日　初版第一刷発行

著　　者　みわもひ
発 行 者　永田勝治
発 行 所　株式会社オーバーラップ
〒141-0031　東京都品川区西五反田 8-1-5
校正・DTP　株式会社鷗来堂
印刷・製本　大日本印刷株式会社

Printed in Japan ISBN 978-4-8240-0680-6 C0193